近代フランス・イタリアにおける悪の認識と愛

ダンテ、ラ・ロシュフーコー、ヴィーコ、メリメ、レーヴィ

Dante Alighieri, François de La Rochefoucauld, Giambattista Vico, Prosper Mérimée, Primo Levi

加川順治

目次

序　生の不安への勇気
――ダンテとレーヴィ

以下に引くのは、ナチ強制収容所の現実と人間の悲惨についての貴重な証言、プリーモ・レーヴィ（Primo Levi，1919–87）の『アウシュヴィッツは終わらない—あるイタリア人生存者の考察』（竹山博英訳、朝日選書151、原題 *Se questo è un uomo*『もしこれが人間ならば』）の〝オデュッセウスの歌〞と題された章の一節である。

〔…〕

さあ、ピコロ、集中して、耳と精神を開いてくれ、きみが理解してくれることが私には必要なんだ。

「きみたちは自分の生まれを思え。	Considerate la vostra semanza ;
けだもののごとく生きるためにではなく	fatti non foste a viver come bruti,
徳と知を求めるため、生をうけたのだ」	ma per seguir virtute e canoscenza.

私もこれをはじめて聞いたような気がした。ラッパの響き、神の声のようだった。一瞬、自分が誰か、どこにいるのか、忘れてしまった。

ピコロは私に繰り返すよう頼む。ピコロ、きみは何といいやつだ。〔…〕味気ない仏訳と、おざなりで平凡な解釈にもかかわらず、彼はおそらくメッセージを受け取ったのだ。それが自分に関係があり、苦しみのなかにある人間のすべてに関係があり、特に私たち、肩にスープの棍棒をかつぎながらも、あえてこうしたことを考えようとしている今の私たち二人に関係があることを、彼は感じとったのだ。

「〔この小演説で〕私は仲間たちの熱意を実に高めたから…」 Li miei compagni fec'io sì acuti…

…私はこの「高められた熱意 acuti」がどれほどの意味を持つか、何とかして説明しようとするが、うまくいかない。〔…〕

章冒頭にあるように、「陽の光が小さな扉から差してくる」ような（この点で作品全体において例外的だが）本質的な一節である。引かれているのはダンテ（Dante Alighieri，1265-1321）の詩節だ。「高められた熱意」によって（或いは、acuto という形容詞は感覚・精神・欲求などの鋭敏さ・激しさを表すので、他の訳し様としては〝烈しく鋭敏に〟）求められる「徳 virtute と知 canoscenza」は、何に対する認識であり、いかなる徳なのだろうか。14世紀、近代の黎明にうたわれたその「徳と知」が、なぜ、20世紀に現出した未曾有の闇にいるレーヴィにとって「光」と「響き」であり続けているのか。ダンテ以降、激しい変転を遂げてきた西欧だが、その底流に、事あるごとに取り直される或る人間観が脈打っているからだろう、と私は単純に考える。また、その人間観の脈動に触れることのできる幾つかの作品を以下読んでいきたい。ともかく、問題の「徳と知」から考え始めねばならない。

1．「人間の悪徳と価値」

上に引いた一節の前後を見ておこう。「私」は、この日、班の連絡係（ピコロ）を務めるフランス人のジャンのおかげで、収容所内の配給所まで一キロ歩き、昼食のスープを五十キロの大鍋に入れ二本の角材で二人でかついで帰ってくるという（それでも）比較的楽な任務につく。歩きながら会話ができる滅多にない機会だ、以前からイタリア語を習いたがっていたジャンの望みに応えることができる。教材を悠長に選ぶ暇はない。と、「一体どこをどう通って、またどういう理由からか分からないが、ダンテの〝オデュッセウスの歌〟が私の頭に浮かんだ」ことから、ダンテの『神曲』「地獄篇」第26歌が断片的に引用されることになる。

だが、ダンテの詩節について十分な検討もできないうちに、「私たちはもうスープの列に並んでいる。他のコマンドーの、ぼろを着た不潔なスープ運びがひしめく、その真っ只中にいる。あとからやって来たものたちが後ろでもごったがえしている。〝キャベツとカブかな?〟〝キャベツとカブだ〟〔ドイツ語〕本日のスープはキャベツとカブである、という公式の発表がある。〝キャベツとカブだとさ〟〔フランス語〕〝キャベツとカブだぞ〟〔ハンガリー語〕」。こうしてダンテの詩節が語るように、「けだもののごとく生きる viver come bruti」ことを強いてくる状況に再び自らを見出すことで章は閉じられる。なるほど可能なのはただ「けだもののごとく」生き延びることだけと思われる状況の中で、だが「徳と知を求める seguir virtute e canoscenza」というダンテの「メッセージ」を、内容において不確かなまま、それだけ開かれた様態で浮き彫りにしながら。

ダンテの言う virtute は、〝徳〟と訳されることがしばしばだが、キリスト教以前のギリシャの英雄オデュッセウスの「小演説 orazion piccola」(これによって彼は「諸感覚の覚醒がもはや多くは残されていない」仲間達を「人なき世界」への航海へと誘う)の中に現れるということもあり、教会の説教する規範的な道徳(禁欲・節制、思慮、恭順…)に関係するというよりは、寿岳文章訳(集英社)にある「雄々しさ」がより近いと思われる。virtute (virtù) を塩野七生はこう説明している。「生命力ならば、子供でももっている。いや、若いうちのほうが生命力は旺盛でしょう。しかし、それに意志の力が加わってくると、やる気ないし覇気に変わる。これをラテン語ではヴィルトゥス virtus と言い、イタリア語ではヴィルトゥ virtù となって、徳、長所、力量、能力、器量などを意味する言葉です。生命力なら自然が与えたものだが、ヴィルトゥスとなると人間の意志力の成果というわけ。生命力なら誰でももっているが、ヴィルトゥスとなると誰にでも恵まれるとはかぎらない。」(『ルネサンス著作集1』、新潮社)。

じっさいダンテは同歌において「ヴィルトゥ(ーテ)と知を求める」ことを、「この世界と人間の悪徳と価値とを知悉することへの熱情 l'ardore / ch'i' ebbi a divenir del mondo esperto / e de li vizi umani e del valore」、とも表現している。また、この、「人間の悪徳」と「価値」が同一の視界に置かれる点において(規範的道徳からすれば)不自然な「熱情」には、〝自然が与えた生命力〟の絆・徳である「わが子に対する優しさも、老父に対する孝心も、ペネローペを幸福にしたであろう〔夫としての〕愛の務めも勝てなかった」、とも。

レーヴィも、その(常識的には)不自然・非道徳的「熱情」が脳裏にあってのことだろう、記憶に蘇ってきた「…老父に対する孝心も、ペネローペを幸福にしたであろう愛の務めも…」の詩句を、「使えない断片」として退け、代わりに、「深い大海原のただなかに私は身を投げ出した ma misi me per l'alto mare aperto」という詩句を「確信」とともに取り上げ、そこにある「断ち切られた絆」、「障壁の向こう側に自分自身を投げ出す」「衝動 impulso」の価値を強調する。

両者とも、自然な(という理由で支配的かつ拘束的な)絆・秩序・徳よりも、悪徳への「熱情」「衝動」の自由を賛美するようであり、サド哲学を思わせるものがあるが、問題になっているのは、悪徳における自由の可能性よりもむしろ、生への、他者への愛の可能性である。「ヴィルトゥ(ーテ)と知を求めるために生きる」というダンテの「メッセージ」は「苦しみ〔travaglio:〝労苦〟でもある〕のなかにある人間のすべてに関係がある」、とレーヴィは言っていた。自由の可能性が問題であるとしても、関係存在としての人間が、人間（私・他者）の「苦しみ・労苦」にどういう態度をとるか――「一体どこをどう通って、またどういう理由からか分からないが」我々のもとにやって来る苦痛・労苦から身をかわすのか（自然な美徳の「障壁」のこなたに留まるのか）、それに跡形もなく「溺れる」のか、或いは悪徳にまみれてでもそれに向き合い関与するのか（ここで倫理的価値が賭けられる）――、このように問題は提出されているようだ。

2．"生命力が最上の状態で発揮されたときの人間性"

ダンテにおいて「人間の悪徳と価値」への「熱情」と表裏一体をなすものとして、「地獄篇」第3歌での、（寿岳訳で引くと）「恥もなく、誉もなく、凡凡と生きた者らのなさけない魂 l'anime triste di coloro / che visser senza 'nfamia e senza lodo」、「神にも神の敵にも厭われるろくでなしのやからの寄り集まり la setta d'i cattivi, / a Dio spiacenti e a' nemici sui」「生きたことの無いこれら人間の屑」への情容赦のない侮蔑が考えられる。なぜ（常識的に言って悪いことをしたわけでもない）「彼らの聞こえが残ることをこの世は許さない fama di loro il mondo esser non lassa」とまで言うのか、なぜ「慈悲も正義も彼らを蔑む misericordia e giustizia li sdegna」のか？応報の罰として、彼らが「裸に剥かれ、そこにいる蝿や蜂にひどく刺されていた erano ignudi e stimolati molto / da mosconi e da vespe ch'eran ivi」ことに注目しよう。侮蔑は、彼らが生前あらゆる痛み・刺戟に向き合うことなく、それから身をかわし身だけで生き延びることを旨とした、その生のありようの無意味・無価値に対するものだろう。だから、応報の罰として、自らの生の無意味さを絶望的に思い知るべく、その自然な痛感からもはや何の人間的な意味・価値も生じようがない無数の蝿や蜂の刺激に、身を守り、かわすこともできない状態で「裸に剥かれて」無益に晒されているのだろう。

レーヴィも、「溺れるものと助かるもの I sommersi e i salvati」の章で、「現代の悪についての凝縮されたイメージ」として、ナチの共犯者となって卑劣に「助かる者」ではなく、「溺れた者」の方を、常識に反して「選ぶ」。「生きたことの無いこれら人間の屑 questi sciaurati, che mai non fur vivi」ほどには断固たる冷酷さをもってでないにせよ、レーヴィはこう書いている——「彼らを生きている者と呼ぶのはためらわれる Si esita a chiamarli vivi。彼らの死を死と呼ぶのもためらわれる。死を前にしても彼らは恐れない、死を理解するにはあまりに疲れ切っているからだ」、また、「名も無い非人間 non-uomini の群れで、ただ黙々と行進し働くが、本来の聖なる閃きは消えており spenta la loro scintilla divina、本当に苦しむには既にあまりにうつろである già troppo vuoti per soffrire veramente」、とも。

> 顔の無い彼らが私の記憶に満ち溢れている。もし現代のあらゆる悪を一つのイメージに凝縮するとしたら、私はなじみ深いこの姿を選ぶだろう。頭を垂れ、肩をすぼめ、顔にも目にも思考の影すら読み取れない、やせこけた人間。

ダンテが、「彼ら〔「生きたことの無いこれら人間の屑」〕についてはあれこれ論じるまい、しかと見て、通り過ぎよ。non ragioniam di lor, ma guarda e passa.」と言うように、レーヴィも、「溺れるもの」(「思考」や「本来の聖なる閃き」を消して苦しみから身をかわし、束の間なりとも身だけで生き延びることを無意識的に選択した「溺れるもの」) に対しては、罪なき被害者への(自然な）優しい憐れみの情を自らに禁じた視線をすえるだけで、「助かる者」の（常識的には）卑劣さ（で片付けたくなるもの）について「あれこれ論じる」。彼らこそがレーヴィにとって「人間の悪徳と価値とを知悉することへの熱情」の対象である。ダンテにとって、中世の神学的秩序においては紛う方なき堕地獄の人間たちこそが対象であったように（これに対し「生きたことの無い人間の屑」たちは地獄の門はくぐったものの、本体の地獄の諸圏域に送られるにも値しないため、中途半端にアケロンの河の手前に永遠に留め置かれている）。

しかし、「奴隷状態にある何人かに、仲間との自然な連帯関係を裏切れば、ある特権的地位、ある種の快適さ、生き残れる可能性を与えてやると持ちかけたら、必ずそれを受け入れるものがいる」、あるいは「抑圧者のもとでは吐け口のなかった憎悪が、不条理にも、被抑圧者に向けられ、上から受けた侮辱を下のものに吐き出す時、快感を覚える」、といった「悲しむべき人間現象」においてまず理解される事例が、なぜ「注目に値する」のか。「品位を殺し、意識の光を消し」、「多くは、少なからぬ道徳放棄とごまかしを必要とする」、「自分以外の全員に対する消耗戦」に、「人間の悪徳」は遺憾なく発揮されるとしても、そこに何の「価値」が生じるというのだろう。中世神学秩序ならぬ我々現代の常識からしても卑劣さ以外のなにものでもない「悲しむべき人間現象」に、しかしレーヴィは、次章で見るように、善と悪の明確な線引きを断念すべき「灰色の領域」が生成する可能性を認めるのである。

紛う方なき純然たる善性（の可能性あるいはその価値）に端から信を置かないような彼らだが、これは悲観主義や絶望によるものではない。「オデュッセウスの歌」の章への註でレーヴィはこう書く。「ダンテの描いたオデュッセウスは、中世が終わり近代が始まる過渡期であったダンテの時代の不安と勇気を一身に集めた近代的な英雄だった。しかも我々の時代の不安と勇気さえも一身に担えるだけの英雄なのだ」

「人間性の、宗教やモラルからの自立を賛美する」ことに「ルネサンスの時代精神」があるとすれば（池田廉、マキャベッリ『君主論』新訳〔中公文庫〕・解説）、近代は、人間を考えるに際して、説得的で安心させる絆や徳や秩序の枠に拠ってではなく、その情熱、労苦、快楽、苦痛の「不安」な現実への裸の視線をもってすることを余儀なくする時代だということでもある。

「不安」な現実への裸の視線の「勇気」。とりわけ悪に生じる「灰色の領域」において人間の価値が賭けられる——純然たる善・幸福の追求は、むしろ「品位を殺し、意識の光を消し」、「多くは、少なからぬ道徳放棄とごまかし」を伴う（スタンダールに関して後述）——という人間の「不安」な現実から視線を逸らさない「勇気」、さらにこの「勇気」によって「高められた熱意＝烈しい鋭敏さ」、それが、14世紀のダンテから20世紀のレーヴィへと共鳴するヴィルトゥの内実ではないだろうか[1)]。塩野七生はヴィルトゥスについて、「生命力が最上の状態で発揮されたときの人間性を意味する」、とも説明している（新潮社『わが友マキャベッリ』）。

ダンテに始まる西欧近代は、生の「幻想」——「私たち自身それに籠絡されていたい〔が叶わない〕幻想、しかし、愛、友情、礼儀、体面を重んじること、

1）冒頭に引用したように、レーヴィは「〝高められた熱意〟がどれほどの意味を持つか、何とかして説明しようと」していた。その語を、ダンテの詩節で持つ限定された意味——その「熱意」はさらなる航海に向けられたものである〔Li miei compagni fec' io sì aguti, / con questa orazion piccola, al cammino, / che a pena poscia li avrei ritenuti〕——を超え出て扱おうとも、ダンテの詩節を裏切ることにはならないという確信ゆえのことだろう。

義務、そうした事柄を援用して、私たちが自分以外の人々を籠絡している幻想」——という悪への加担に同意せず、生の現実との接触を回復するために、このヴィルトゥ（「不安と勇気」、〝雄々しさ〟という美徳）を、連続的な手渡しの継承には馴染まない事柄なのだろう、見失っては各人各様の視界において取りなおす（記憶の中で「響き」を失っていたダンテの詩句をレーヴィがそうしたように）、このことを反復してきたように思われる[2)]。その一端をイタリアとフランスについてこれから見ていこう。

2）例に引いた「幻想」についての文はプルースト（1871-1922）のものである（『失われた時を求めて』「逃げ去る女」）。他者との絆が社会的に或いは自然な情として信頼できる形で実在・先在すると考えることが「幻想 illusion」とみなされる。後述するように、人々が反射的に称揚する「愛、友情、礼儀」などに、一挙に他者との絆をではなく、まず偽装された自己愛の存在・活動を見るのは、プルーストだけではない。ともあれプルーストは同じ頁で、そういう「幻想」に「籠絡」されない自己が陥りがちな結論として、「我々は孤立して存在している」という悲観論を挙げる。多くの場合、彼はそれを結論のように提示する。が、分かったような気になって生の現実から足を洗うのを嫌う古典的な精神を自らの内に掘り起こさないほど怠惰な彼ではない。同じ頁では、ただちに、より正確に、「或る人間と私たちとの絆は想念のなかにしか存在しない Les liens entre un être et nous n'existent que dans notre pensée」と書き継がれる。「想念」は、どう強めようと純化しようと自己愛の巣、現実を歪める欺瞞の巣であり続けることを多くの頁で執拗に描出する彼は、しかしそういう悪しきものを通してしか、（従って痛みと抵抗を伴う無際限な修正・修復によってしか）愛も知も可能ではない、という古典的なスタンスをとる作家だった。同頁でも、次のようにいかにもフランス的な皮肉な揶揄の形においてであれ、そのスタンスが窺える——「人間とは、自分から脱け出せず、自分の内でしか他者を知ることがない、しかも、それと反

対のことを言っては嘘をつく、そういう存在だ。L'homme est l'être qui ne peut sortir de soi, qui ne connaît les autres qu'en soi, et, en disant le contraire, ment」。自然には自己愛の磁場でしかない「自分の内で他者を知る」のだから、歪み・破壊に対する無際限な修正・修復が必要になる、だがその労苦（無益かもしれないが無価値とは言いがたい労苦）を回避するために、人は単なる虚偽・「幻想」に頼って安閑と暮らしている、そのことへの苛立ちの表明である。

I　レーヴィと「灰色の領域」

1．絡み合う自己愛・権力・愛

自殺の一年前（1986）に刊行された『溺れるものと救われるもの』（竹山博英訳、朝日新聞社、原題 *I sommersi e i salvati*）の第２章「灰色の領域」の締め括りで、レーヴィは、ハイム・ルムコフスキという或るナチ・ゲットーの独裁者――ナチの建設したユダヤ人ゲットーのうち、収容人員で第二の規模（十六万人）に達し、（繊維産業で重きをなしたことから）最も長命だったウーチのゲットーを終始専制支配した「議長」、それ以前は「ある種の尊敬を勝ち得ていて、ユダヤ人の慈善事業の指導者として有名」だった――の実に曖昧な性格についてこう書いている。

> この人物は今まで見てきた者たちよりもずっと複雑だった。ルムコフスキは、単なる変節漢や共犯者ではなかった。〔…〕
>
> ゲシュタポが予告なしに彼の助言者たちを捕らえた時、彼は勇気をふるって救援に駆けつけ、侮辱と平手打ちに身をさらしたが、それに威厳をもって耐えた。また別の機会には、ドイツ人と取引をしようとした。ドイツ人はウーチからは常に布地を必要とし、彼〔ルムコフスキ〕からは、トレブリンカと、後にはアウシュヴィッツのガス室に送るべき、不要な人口（老人、子供、病人）の割り当てをますます必要としていた。〔…〕
>
> そう信じさせたかったということに加えて、彼は或る程度は自分がメシアであり、彼の民の救済者であると日々確信を深めていったに違いない。少なくとも、断続的にではあれ、彼は自らの民の幸福を願ったに違いなかった。自分が有用であると感じるためには、恩恵を与える必要がある。そして有用であると感じることは、腐敗した地方監督にとっても満足感をもた

らすことなのである。逆説的なことだが、彼の抑圧者との同化は、被抑圧者との同化と入れ替わるか、それに付随していた。なぜなら、トーマス・マンも言っているのだが、人間とは混乱した生き物だからである。〔…〕

ルムコフスキに私たちのすべてが映し出される。彼の曖昧性は私たちのものであり、粘土と精神の混成物である私たちの習性となっている。〔…〕

ルムコフスキの悪は、まず「彼の抑圧者との同化」にある。だがレーヴィは、一方では、彼を「犠牲者」と考える――「国家社会主義のような地獄の体制は、恐ろしいほどの腐敗の力を及ぼすのであり、それから身を守るのは難しい。それは犠牲者を堕落させ、体制に同化させる」。同時に、彼を純然たる犠牲者とはみなし難くする、権力への「中毒」者という「解釈」をとる――「権力は麻薬のようなものである。〔…〕いったん始めてしまえば、依存症が始まり、薬の必要量もますます増大していく。また現実の拒否が始まり、全能という幼児的な夢に回帰するようになる。〔…〕事実彼の中には（彼が模範としたより高名な者たちもそうなのだが）反対者のいない、長引いた権力に特有の症候群がはっきり認められる。つまり、歪んだ世界観、教条的な傲慢さ、追従の必要性、命令権への固執、法の軽蔑などである」[1]。

---

1)「骸骨のような痩せ馬に馬車を引かせて駆け巡る彼の小さな王国の道は乞食と請願者であふれ、王侯のようなマントを身にまとい、追従者と殺し屋からなる宮廷人に取り囲まれ」、「棍棒で武装した六百人の警官と数のはっきりしないスパイで構成される」「効率の良い警察を組織」し、「日々疫病や栄養失調やドイツ軍の襲撃に損なわれる劣悪な環境の学校で学ぶ子供たちに〝先見の明がある我らの愛する議長〟をたたえる作文を課題に出すよう命じた」…

ただしレーヴィは、「もしルムコフスキが権力に中毒していたという解釈が有効なら」、と書いている。実際、この「解釈」は彼に関する結論を下すほどには「有効」ではない。レーヴィが強調するのは、「彼の抑圧者との同化」を伴う権力への中毒（という悪）にもかかわらず、ある種の愛（「被抑圧者との同化」）が可能だった、というよりむしろ、この愛は権力への中毒ゆえに可能だった、という「混乱をもたらす」事実である。「少なくとも、断続的にではあれ、彼は自らの民の幸福を願ったに違いなかった」、だから、ガス室送りの人員を要求する「ドイツ人と取引をしようとした」。この愛が権力なしに可能だっただろうか。また、権力によって、「自らの民の幸福」は、自分が「恩恵を与える」という形でもたらされる。だが、これは同時に「自分が有用であると感じる」「満足感」の獲得でもある。込み入っているが、常識に反して、ここでは自己愛と他者への愛は対立しない。しかしすべてが曖昧なのである。

――曖昧な自己愛。「あらゆる論理に反して、慈悲と獣性は同じ人間の中で同時に共存し得る」。専制的な権力行使による盲目的な自己充足欲求に純化せず、他者へのある種の愛と折り合いをつけようとする自己愛、なるほどそれが単なる自己正当化の口実であろうとも（しかし、自己正当化を求める一種の細心さに、自己充足欲求の無垢ならざることの自覚が認められないわけではない）。

――曖昧な他者への愛。それは、他者の現実へのますます歪む視線を随伴する専制支配（「歪んだ世界観」「全能という幼児的な夢への回帰」「命令権への固執、法の軽蔑」「現実の拒否」）の形をとろうとも、その専制支配における最悪のものの出現を阻む何かではあった。このことを対比的に示唆するためだろう、レーヴィは、ルムコフスキの件の直前で、「国家社会主義の最も悪魔的な犯罪」を喚起している。抹殺収容所において、ナチはユダヤ人囚人による「特別部隊」を組織した（その任務は、「ガス室に送られる者たちに混乱や動揺を起こさせないこと」、「ガス室の死体のもつれあいをほどき、消化ホースで死体を洗い」、「歯から金歯を抜き取り、女性の髪を切り、服や靴やスーツケースの中身をより分け、分類」し、「さらに死体を焼却炉に運び、焼却炉の運転の管理をし、灰を始末する仕事」など)。加害者側に組み込まれれば、「犠牲者は自分が無実だという自覚さえ持てなくなって、ナチも安心できる」から、という理由で。そこにある全面的「悪意」、専ら破壊的で「非人間的」な「ある悪魔的笑い」。「我々主人の民族はおまえたちの破壊者である。しかしおまえたちは我々よりも上等ではない。もし我々がそう望むなら、そして実際にそう望んでいるのだが、我々はおまえたちの肉体だけでなく、魂も破壊することができる、我々がもう自分の魂を破壊したように」。

——曖昧な権力「依存症」。絡み合った曖昧な自己愛と他者への愛とを動機とするものであり、「彼の抑圧者との同化」であるとしても単なる自己破壊あるいは一種の安楽死ではない。

このように善悪の線引きが極めて困難な「灰色の領域」。このように「問題をはらみ、答えられる以上の問いを発し、自分自身の中に灰色の領域という主題全体を凝縮して、それを宙吊りのまま放置する」何か。しかし、「放置」することなく、「ルムコフスキに私たちのすべてが映し出される。彼の曖昧性は私たちのものであり、粘土と精神の混成物である私たちの習性となっている」と考えることをレーヴィは我々に求める(そこにヴィルトゥが賭けられているかのように)。

2．悪を外在化する我々という問題

ところが、ルムコフスキにおいて「抑圧によって宿命的に引き出されてしまった」のが「人間の曖昧性という根本的な主題」だとすれば、ルムコフスキのような事例によってしばしば「宿命的に引き出されてしまう」のが、(警戒心を眠らせることのできない)「灰色の領域」から自分を除外しようという我々の本能的反応・衝動なのである。その衝動にレーヴィは、章の冒頭にあるように、「社会的な動物」という「私たちの起源」、つまり、「我々〔=共同体〕と彼ら〔=部外者、よそ者〕という形で領域を分ける必要性の強固な存在」を認める。「大部分の自然現象、歴史的現象は単純ではない、あるいは私たちに好ましい単純さを備えたようなものではない」が、我々は「曖昧な分け方や複雑な混成を忌み嫌い」、「敵と味方という二分法」を「すべてのものに優先」させ、「善と悪を区別し、一方に味方し、善人をこちらに、悪人をあちらにと振り分ける」。

「極端な単純化」である。——「私がこの本を書こうとした動機の一つに、ある種の極端な単純化が挙げられる。それは特に若い世代の読者に見られることで、彼らは『アウシュヴィッツは終わらない』を読んで、人類は二種類に分けられると考える。つまりいわゆる迫害者と犠牲者で、前者は怪物であり、後者は無垢なのである。まさにこうしたことのために、この本の「灰色の領域」という章が核心的な重要性を持つと思う」と、あるインタビューでレーヴィは述べている(「訳者あとがき」に収録)。

一方に、章冒頭で喚起される、「私たちに好ましい単純さ」への「希望」、「意味が分かる世界があることへの期待」、「私たちが先祖代々受け継いできた、単純なモデルに一致する世界、〝私たち〟は中に、敵は外に、分かれている世界があることへの期待」、さらには、「勝者と敗者が望まれ、それが善人、悪人と同一視される、なぜなら善人が最良のものを得るべきで、そうでなければ世界は立ちいかなくなるから」という(共同体への忠誠という閉じた倫理につながりはしても、愛や慈悲や理解の努力などは、これをなしですませようとする功利主義的・機能主義的）常識・願望。それら現実を単純化する願望的世界観への固執ゆえに――「この単純化の〝希望〟は正当なものであるが、単純化自体は常にそうあるわけではない。それは作業仮説であり、作業仮説と認められる限りは有益だが、現実と混同されてはならない」にも拘らず――、ルムコフスキの曖昧さを「怪物」的「悪」として「あちら」に片付けること（そして当然、自分は「こちら」の「無垢」な者たちからなる共同体の一員であり、〝よき〟〔善き／好き〕現実の構成要素だとすること）。

他方で、章末尾にあるように、「ルムコフスキに私たちのすべてが映し出される。彼の曖昧性は私たちのものであり、粘土と精神の混成物である私たちの習性となっている」と考えること。希望の小さな光と闇の深さが交錯し、進展があるとしても光と闇が相互に各々の現実性を強めあうことにしかならないような「灰色の領域」を、生の現実として引き受ける慎ましさ、或いはヴィルトゥ(ーテ)。なぜなら、この慎ましさは、自然に本来的に我々に備わるものではなく、願望的世界観への抵抗、つまり、「社会的動物」としての人間の自然・本性への曇らされない視線、警戒、抵抗によって可能になる慎ましさであるようだから。

我々はいずれを選択すべきか？我々が「けだもののごとく〔ただ本性に従って〕生きるためにではなく、徳 virtute と知を求めるため、生をうけた」とすれば。

II　ダンテにおける灰色の領域

最悪の暴力が可能だった状況で、実に曖昧であれ愛が存在した「灰色の領域」をレーヴィがルムコフスキに見るとすれば、ダンテは純然たる強い愛が最悪の現実に結ばれる「灰色の領域」を、ウゴリーノ伯爵の挿話（地獄篇32歌124行～33歌90行）において描いている。

挿話は次のような史実に基づく。ウゴリーノ伯はピサの貴族。敵対関係にあるジェノヴァがフィレンツェ、ルッカと同盟を結ぶことを阻止するため、ピサの領土の一部をフィレンツェ、ルッカに譲渡する妥協策を講じた。ピサの権力奪取を目論む大司教ルッジェーリは、密かにジェノヴァと屈辱的協定を結ぶ約束をしておきながら、ウゴリーノの妥協策を「城の売り渡し」なる裏切り行為と喧伝、民衆を扇動、ウゴリーノとその二子二孫を捕らえさせ、投獄。彼らは数ヶ月後、全員餓死する。

ウゴリーノは、ルッジェーリの流した風評のゆえに祖国に対する裏切者として地獄の最下層、第九圏谷に落とされており、その「頭が〔ルッジェーリ〕のそれの頭巾となるほどぴっしりと、一つ穴の中で密着した二つの氷結体」として、地獄を遍歴するダンテの前に現れる（ウゴリーノは仇敵の「脳髄とうなじの合うあたりに歯を立てて」齧っているのだ）。そして憎悪の一念から――「私の言葉が種子となって、私が齧るこの裏切者に汚辱の果実を結ばせることができるなら se le mie parole esser dien seme / che frutti infamia al traditor ch'i' rodo」――、「いかに私の死がむごたらしかったか」を、また父としての愛の苦しみ（「もう考えただけで話す前から心を締めつける絶望の苦痛」）を語る。

1．無力な愛の〝悲愴美〟

粟津則雄はこの物語の深い響きを「悲愴美」と形容している（『ダンテ地獄篇

精読』、筑摩書房、寿岳文章訳が使用されている）――「ウゴリーノ伯のこの長い物語は、すみずみまで深い悲愴美に貫かれた傑作である。この悲愴美を生み出す重要な要素は、全体を支配する一種異様な沈黙である」。（以下、「」は粟津氏の言葉、《》、〝〟、はダンテからの引用〔可能な限り寿岳訳〕）

●「悲愴美」第一の要素。「全体を支配する一種異様な沈黙」の質。「沈黙のなかで、子供たちが《眠りながらもパン欲しがって泣き叫ぶ》声がきこえ、《恐ろしい塔の扉を釘づけする音》がきこえ、子供たちが次々と口にするいたましい〔…〕言葉が発せられるに応じて、それをとりまく沈黙の度合いが刻々に増してゆく」構成において、注目されているのは以下のことだと思われる。

○人間性の沈黙が物質化した〝釘づけする音〟と対比をなす、子供たちの言葉に現れるけなげな愛と人間性。①空腹と恐怖にもかかわらず「父親を案じる言葉」――《耳澄ますと下の方で、恐ろしい塔の扉を釘づけする音が聞こえる。さてはと、わしは子供らの顔をじっと見た、一言も無く。わしは泣かなんだ、わしの中身はもう石になっていたので。子供らは泣いた。わしのいとしいアンセルムッチョが案じて言う、〝父よ、どうなされた、なぜそんな顔つきを？〟》〔〝Tu guardi sì, padre! Che hai?〟　直訳：‘そんな風に（私たちを）見つめて、お父さん、どうしたの？’〕。②さらに自己犠牲の申し出。《かすかな一条の光が嘆きの獄房へさし入り、子供らの四つの顔に〔彼〕自身の〔憔悴した〕面差しを見てとる》「父親が悲嘆のあまり両手をかじるのを餓えのせいと思い込んで、自分たちを食べてくれと言う涙ぐましい頼み」――《〝父よ、いっそ私たちを食べて下さるなら、私たちの悲しみはずっとずっと軽くなりましょう。このみじめな肉の衣を被せたのはあなた、だからどうぞ、私たちからそれを剥ぎとって下さい！〟》

○だが、死に際して子供たちの人間性も沈黙し、すべては神の沈黙へと収斂すること。《ガッドその身をわしの足もとに投げ、長くのびて言う、〝わが父よ、なぜあなたは私を助けて下さらないのです？〃そのままガッドは死んだ》——「言うまでもなくここには、十字架上でイエスが発する〝主よ、主よ、なにゆえに我を見捨てたもう〃という言葉が響いている」。

●「悲愴美」第二の要素。子供たちを見殺しにするに至る無力な愛の「絶望の苦痛」に「黙々と」「耐える」姿に、毅然たる人間の損なわれない尊厳とも言えるものが透視されているのだろう、このように概括されている。「父親はこの沈黙のなかで、黙々と悲しみと苦しみに耐えている。〔…〕〝父よどうなされた、なぜそんな顔をなさる〃という問いかけに対して、《そう言われても、わしは涙流さず、口もきかなんだ。その日まる一日、また夜も。また次の日の太陽が世を照らす》と応じていることも、四人の子供がことごとく死に絶えたあとのおのれについて、《既に盲のわしは、手探りで一人一人の子供の骸を求め、死後二日にわたり、名を呼び続けた。が、悲嘆に勝てたわしも、断食には勝てなんだ》と語っていることも、裏切者にはおよそ似つかわしくないひとりの剛毅な人物の姿さえ浮かんでくる」。

そして、《悲嘆に勝てたわしも、断食には勝てなんだ》を、「子供たちの餓死をなすすべもなく見送りみずからも餓死する」という意味に解し、物語の実質的な最終情景として、「子供たちがすべて餓死したあとの無残な沈黙のなかで、子供たちの名前を呼ぶ盲目のウゴリーノ伯の声が、鮮かに、痛切に響く」のを聴く粟津氏が、「悲劇の極限を彼なりに雄々しく生きたこの人物に、或る種の共感を抱く」ダンテを結論するのは当然だろう。

2．人間の基底のむごたらしい曖昧さ

なるほど、ダンテの共感としては、《そしておぬしが今わしを見ているように、

わしは残りの三人が、一人ずつ、五日目と六日目の間に仆れるのを見た（e come tu mi vedi, / vid' io cascar li tre ad uno ad uno / tra 'l quinto dì e 'l sesto)》という詩節に、臓腑からの呻き声のごとき共苦 pietà がはっきり認められる。だがダンテは、pietà を超えて、ウゴリーノの語りの最終行で、〝悲愴美〟にとどまらない人間存在の基底、人間の恐るべき曖昧さを造形しているのである。

寿岳訳、《悲嘆に勝てたわしも、断食には勝てなんだ》。原文、più che 'l dolor, poté 'l digiuno. 直訳、〝悲痛にもまして断食〔＝飢餓〕が力をふるった〟。

この詩句の曖昧さは古来指摘されてきた。一方で、〈いかに酷い悲痛もできなかったことを飢餓だけがしてくれた、飢餓だけが私を殺す力を持っていた〉の意にもとれ、他方で、〈愛の悲嘆も飢餓には勝てなかった、わが子の骸を貪り喰うという恥ずべき過ちの最たるものが遂行された〉の意にもとれる。

前者の意味は、愛ゆえの堪え難い悲痛が死によって終わることを待望する人間の弱さを窺わせるが、これは、《このみじめな肉の衣を被せたのはあなた、だからどうぞ、私たちからそれを剥ぎとって下さい》という子供たちの言葉を聞いたウゴリーノが、すでに《ああ非情の大地よ、なぜ口あけてわしらを呑んではくれぬ ahi dura terra, perché non t'apristi?》と心に呻いていたこととも符合する。後者の陰惨な意味は、続く詩句への順接の連続性によっても暗示されている――《かく語り終えた時、彼は目を斜めにし、ふたたび惨めな頭蓋に齧りついた。その歯が骨に強くあたること、犬の如くだった》。

ボルヘスは、「〝断食〟はウゴリーノの過ちを断定はしないものの、芸術や歴史的厳密性を損ねることなしに、過ちを推察させる。我々が過ちはあり得たと感じれば、それで十分なのだ」というルイージ・ピエトロボーノの読みを引きつつ、さらに踏み込んで、「〈飢餓の塔〉の暗がりで、愛する者の遺骸をむさぼったと同時にむさぼらなかった」ウゴリーノの「揺れ動く不明瞭さ、不確かさ」

を、ダンテが意図的に導入した、と見る(『ボルヘスの「神曲」講義』、国書刊行会)。我々も、神の沈黙と愛の悲痛に耐えるウゴリーノの悲愴美と、そういう彼に対する臓腑からの共苦を超えて、そのウゴリーノにあっても押し殺せない人間の弱さとおぞましさの領域にまで人間存在の測深器を降ろしてゆくダンテのヴィルトゥにまず注目したい。

3．希望の勇気——言葉は無益に費やされるのか？

次いで、問題の詩句がウゴリーノの語りの最後の言葉であることの意味を考えよう。

彼は、悲惨な最期を語りながら、仇敵の非道さと際立った対照をなす、自分の父性愛を強調することに（あるいは無垢なそれしか自らの内に見たくないという自己欺瞞に）熱心であるが、最後に、曖昧な形であれ、彼自身が自らの弱さとおぞましさという「灰色の領域」を認識するに至る。こう読めば、そこにウゴリーノのヴィルトゥと、差し込む品位の光を認めずにはいられない。その光はまた、彼がわざわざ子供たちの言葉を引用すること、自らの口で繰り返すことが、屈辱的な無力への自責の、その傷が閉じないように、それらの言葉をあたかも楔のように自らに打ち込むことだとすれば、そこにも認められる。「灰色の領域」に勇気と品位の小さな希望の光が差し込む。

だがウゴリーノにおいてそれらの光は増大することはない。「苦痛」は「絶望的な」ままにとどまる。それは、「もう考えただけで話す前から心を締めつける絶望の苦痛 disperato dolor che 'l cor mi preme / già pur pensando, pria ch'io ne favelli」であることを出ない。なぜなら、語り終えたウゴリーノは、言葉（意識と心情の努力の場である言葉）と無縁の世界に順接的に戻り、〝けだもののごと〞き様相しかとり得ない「憎悪」に再び全権を明け渡すからだ――《かく語り終えた時、彼は目を斜めにし、ふたたび惨めな頭蓋に齧りついた。その歯が骨に強くあたること、犬の如くだった》。語る前のウゴリーノの姿も〝けだもののごとく〞だった――ダンテは《おお汝、かくもあさましい畜生の仕草によって、汝の貪り喰らう相手への憎しみを示す者 tu che mostri per sì bestial segno / odio sovra colui che tu ti mangi》と呼びかけていた。実質的な何の進展・深化があったのか[1]？

1）結果的には、ウゴリーノの語りは、その冒頭にあるように――（寿岳訳では）「わしの死にようがいかにむごたらしかったかをおぬしに聞かせよう。すればおぬしは知ろう、彼奴がわしを、非道に虐げなかったかどうかを come la morte mia fu cruda, / udirai, e saprai s'e' m'ha offeso.」――、仇敵ルッジェーリへの憎悪と断罪欲求（罪なき犠牲者としての自己正当化と表裏一体）を主たる動機とすることを出ることがなかった、と言わざるを得ない。以下のような手厳しい意見が出てくるのも仕方がない。――「この悲劇のなかで二種類の登場人物が対照をなしている。一方に、年少の無垢な子らがいて、話し、泣き、愛 amore と苦しみ dolore と信頼 fiducia を表現する。他方に、父がいて、沈黙し、押し殺した絶望に石と化し、自らの手を噛み、黙りこくり、返事をしない」――「自分の子らを愛しながらも、彼は子らに愛のいかなる徴をも与えられないこと甚だしく、その動作や目付きは彼らをおびえさせるだけに終わる」、だが／そして、「子らは、助け aiuto〔力を添えること〕と愛を、信頼して求め、また差し出し、そして死ぬ」――「ガッドの叫び〔《お父さん、なぜ私を助けて下さらないのです？ Padre mio, ché non m'aiuti?》〕は、食べ物をではなく精神的・心的な支え・強め・励まし un conforto morale を求めている。〔…だが〕同じ圏谷にいる他の邪悪な目付きをした裏切者たちと同様に、彼の内でも、その繊細な優しいかかわりの能力、すなわち愛が砕け散ってしまっているのだ。anche in lui si è spezzata la capacità di quel delicato e tenero rapporto che è l'amore.」（*Commedia*, volume primo *Inferno*, i Meridiani - Mondadori Editore, 1991, pp.975-6, Introduzione al canto XXXIII）

言葉と「ヴィルトゥと知」が無益に絶望的なままに費やされる、この点に、ダンテの描く地獄の地獄たるゆえんがある。そして我々としては、この地獄 inferno が、神から遠く離れた悪の領土として「煉獄」purgatorio と「天国」paradiso との差異においてのみならず、地上の生とも異なる筈の次元として構想されていることを考えねばならない（地獄の門に刻まれた言葉の最後のものは「一切の希望を捨てよ、汝らこの門を入るもの」〝Lasciate ogne speranza, voi ch'intrate〟である（第三歌冒頭））。

意識と心情の努力に親密な場である言葉が、地上の生においても無益に費やされるのであれば、――多かれ少なかれ「砕け散ってしまっている」「繊細な優しいかかわりの能力、すなわち愛」（註１末尾参照）に何ら修復をもたらすことなく費やされるとしたら――地上の生は地獄に他ならないではないか。このような疲労がダンテの底に澱んでいるかもしれないが、そうだとしても、この疲労・徒労感は荒廃した暗黒の色をしておらず、「捨て」られない、放棄されない「希望」の勇気とともに、〝灰色の領域〟をなしている。そこにダンテの美徳・ヴィルトゥの根底的なものがあるのではないだろうか[2)]。

２）言葉（現実の terribilità に向き合う心情の努力とともにある限りでの言葉）が、我々の内で毀損され或いは褪色した愛の能力に何らかの修復をもたらすこともなく飛散する筈はない、という、（不安・徒労感にも拘らず維持される）「希望」の勇気。これがあるゆえに、ウゴリーノに関して（のみならず「地獄篇」全体に間歇的に現れる動きだが）、深い共苦 pietà と絡み合って、強い断罪（「かくもあさましい畜生の仕草」で「犬の如く」憎悪を示す、これが人間だとしたら…）が現れる、そう考えるべきではあるまいか。だとすれば「地獄篇」冒頭の３行――「我らが生の道行きの半ば、気が付くと私は暗い森の広がる中に自分を見出し、直き道は見失われていた。Nel mezzo del cammin di nostra vita / mi ritrovai per una selva oscura / che la diritta via era smarrita」——についても次のように考えられる。この「希望」の勇気が、「直き道 diritta via」(美徳の道の象徴とされ、邦訳では寿岳訳の〝ますぐな道を見失い、〟以外は〝正道〟〝正路〟〝正しい道〟を〝踏み外した〟ことになっている)の具体的な内容であり、生全体が「暗い森 una selva oscura」と化した状態とは、「希望」の勇気が「見失われ」、根底の不変の不安・疲労・徒労感に全権を明け渡し、屈服・平伏した状態に他ならない、と。事実、数行後には「なぜそこに迷い入ったか上手く説明できない、ただ眠りが我が身に満ちること甚だしきにより、真実の道を私は放棄した Io non so ben ridir com'i' v'intrai, ／ tant' era pien di sonno a quel punto ／ che la verace via abbandonnai」とある。「眠り sonno」は善を忘れた罪の生活の象徴とされるが、文字通り、徒労感に屈服して横たわる荒廃状態の身体感覚的表現でもあると考えられる。

Alberto Savinio はこう書いている。「ダンテの旅は、実は、或る長い彷徨であり、旅人が〝彼自身の内に帰還する〟時でなければ、イタリア的人間の逃れられない定めである垂直性を再び見出す時でなければ終わらないさまよいなのである」(*Drammaticità di Leopardi*, 1996年の仏訳 *L'intensité dramatique de Leopardi*, éditions Allia から引用)。サヴィニオが(ダンテの後世のレオパルディを経由しながら)言う「垂直性」は、(ダンテを中世に閉鎖する解釈におけるような)神学的・超越的な天をひたむきに目指すそれではなく、〝彼自身の内に帰還する〟以外はあてどのない「彷徨」におけるそれである。この内的・対自的な「垂直性」を、我々は、先程の徒労感への平伏状態に対抗して言われているもの(不安・疲労の不変性にも拘らず絶えず手に取りなおされる「希望」の勇気)として具体的に理解できるのではないか。連想されるのは、フィレンツェ、サン・ロレンツォ教会新礼拝堂にあるミケランジェロの彫像『暁』Aurora(肉の存在の官能性・深み・重さ・拘束・疲労と緊張関係にある、覚醒への、身を起こすことへの情動)、或いはレオパルディの一節である(明晰な理知の眼には確定的な人間の絶望的条件にも拘らず、「魂の感覚」に蘇生することをやめない、生への「心遣い」)。

「〔…〕いかなる生への倦怠 fastidio della vita も、いかなる絶望も、また、あらゆることの虚しさ nullità の感覚、あらゆる心遣いの無益さの感覚 senso della vanità delle cure、人間の孤立の感覚も、また、世界と自分自身へのいかなる嫌悪 odio も、十分には持続し得ない。これらの魂の態勢 disposizioni が実に理にかなった正当なもの ragionevolissime であり、それらと反対の態勢が不合理 irragionevoli であるにも拘らず、それでもなお、時の経過とともに、また身体の状態の軽微な変化とともに、少しずつ、またしばしば一瞬にして、ごく些細な殆ど感知できない要因から、生への嗜好 il gusto alla vita が再形成され、あれやこれやの新たな希望が生まれ、人間の生を構成する諸々のことがらが、あの〔見失われた〕本来の〔人間的な〕外観を回復し le cose umane ripigliano quelle loro apparenza、何らかの心遣い〔＝細心な世話、心配、専念、気苦労〕に相応しくなくはないものに見えてくる mostransi non indegne di qualche cura、理性の眼にではなく、言うなれば魂の感覚に、そのように現れてくる non veramente all'intelletto, ma sì, per mode di dire, al senso dell'animo。〔…〕」

(「プロティーノとポルフィリオの対話」in『道徳的小品集』*Operette morali*、1827)

Ⅲ　自己愛という悪とのつきあい方
——ヴィーコの場合

18世紀ナポリの哲学者ヴィーコ（Giambattista Vico, 1668-1744）。主著『新しい学』*Scienza nuova*（1744）において彼が執拗に分析する主題の一つに、自己愛と他者への愛の問題がある。人間の本性は自己愛という悪・堕落にほかならず、これは浄化できない、にも拘らず他者への愛は可能であり、あまつさえ婚姻という形で現実のものになっている、これはいかなる経緯によってか。この問題を、ヴィーコは「神の摂理」と人間の「自由意志」と「自然」との微妙な絡み合いによって説明する。

17世紀フランスの代表的モラリスト[1)]、ラ・ロシュフーコー（François de La Rochefoucauld, 1613-80）。主著『箴言集』（*Réflexions ou sentences et maximes morales*、通称 *Maximes*、初版1665、第５版1678）において彼は、同じく自己愛を人間の生の永遠の根本動機と見ながらも、神を持ち出すことなく、やはり愛の現実性を否定するどころか、卑しい自己愛の存続を言い立てて済ませることがもはやできない愛の形について語っている。

直接影響関係のない二人だが、神を持ち出すか否かの違いはあれ、両者とも容赦なく人間本性を悪と見る視点を堅持したまま同時に愛と品位の可能性を肯定的に論じる。彼らの語る愛は幻想にすぎないのか、あるいは生の現実なのか。まずヴィーコから（訳文は中央公論新社・世界の名著33巻『ヴィーコ』および、上村忠男『バロック人ヴィーコ』みすず書房、西本晃二訳『ヴィーコ自叙伝』みすず書房の二書における訳文・考察を参考にした）。

１）規範的道徳を説き現実裁断する者の謂いではなく、冷厳な現実観察を基に倫理的価値を考える作家のフランスでの呼称

1．「自己愛」、「自由意志」、「神の摂理」

（a）「人間たちは、その堕落した本性のため、自己愛 amor proprio に専制支配され tiranneggiati、主として自分にとっての有益さしか追求しない。つまり、人間はあらゆる有益さを自分のために求め volendo tutto l'utile per sé、仲間のためには些かの有益さも求めない以上、諸々の情熱を努力の態勢に置き、それらを正義へと導くことが独力ではできない non posson essi porre in conato le passioni per indirizzarle a giustizia」(341)

（b）「人間には諸情念 passioni から徳力 virtù をつくろうとする、微弱 debole ながら、自由意志 libero arbitrio がある。だが人間は神により助力されて〔力を添えられて〕いる da Dio è aiutato、自然の次元では神の摂理 divina proveddenza によって〔…〕」(136)

（c）「神の摂理とは、いわば神の立法者精神 una divina mente legislatrice である。〔「立法は、あるがままの人間 l'uomo qual è を観察し、あるがままの人間を人間的な社会において善用することを考察する」(132)。〕神の摂理が、各自の私利に没頭している人間、〔そのままでは〕孤立状態で残忍な野獣さながらに生きる他ないであろう人間の、その諸情念を用いて市民的・文明的秩序 gli ordini civili を作り出した。彼らが人間的な社会において生きることができるように、である」(133)

（a）の「自己愛」という悪[2)]に対して（b）の「徳力 virtù」への「自由意志」が言われる。だが更に、「独力では」機能しない「自由意志」に対して「神の摂理」が、その「助力」（b）と形成力（c）において援用されている。ここまでは分かりやすい。だが、少々難解なことに、「このような神の摂理の導き condotta こそ、この学が熱心に考察しようとする根本問題の一つである」（2）と限定的な重要性しか付与されない「神の摂理」よりも、次の一節にあるように、人間の形成力こそがヴィーコの分析の根本主題なのである。

> 「我々から遥か遠くの太古を覆う闇の濃密な夜 densa notte di tenebre の中に、真実の、消えることのない永遠の光が現れる。それを人は、どうあろうと a patto alcuno 疑いに付すことはできない。その真実とは即ち、この文明的・市民的世界 questo mondo civile は、確実に、人間たちによって造られたということ、従って、この世界の諸原理は我々の人間精神それ自体の諸変容形態のうちに見出すことができる、なぜなら見出されねばならないから onde se ne possono, perché se ne debbono, ritruovare i princìpi dentro le modificazioni della nostra medesima mente umana、ということである」(331)

「真実」を語るに、人間の独自独行の社会・文明形成力のみを云々し、「神の摂理」には一言も触れない（或いは、「神の摂理」があるとしても、「自由意志」による選択・引き受けがない限り、機能・具現しない、といった考えが行間に圧縮されているのか）。だが彼の具体的な分析は、人間性の「光」への信頼だけ

2）自己愛＝悪という認識は、引用（c）の直前の箇所にも窺われる。133の「各自の私利に没頭している」自己愛を、ヴィーコは、「摂理」なくば「必ずや地上で人類を滅亡に導くであろう三大悪 tre grandi vizi」の相の下に思い浮かべることから始めている——「人類全体を支える三つの悪、即ち、兇暴、貪欲、野心から、〔神の摂理は〕軍隊、商業、宮廷をつくり、共和国の力と富と英知とする。必ずや地上で人類を滅亡に導くであろう三大悪から、市民としての幸福 civile felicità がつくり出される」（132）

を動機とするものではない。「闇」は「濃密」なままに残存するのであり、そこに注がれる視線は眠ることがない。『新しい学』には口絵が付されているが、ヴィーコは、その「口絵の奥の暗闇」が「この学の素材」を顕し、それは「不確定で無定形で冥い incerta, informe, oscura」と言う（41）。婚姻に関する分析において確認しよう。

2．獣的性衝動の激化、人間の愛

（d）「以下は熟考に価することがらである。野獣状態にあった人間たちがどれほど獰猛であったか、野獣的自由のために、人間的共生 umana società に移行すべく馴致されることからどれほど遠かったか、ということ。最初の者たちが最初の人間的共生である婚姻という形態に至るためには、野獣的性衝動のこの上なく烈しい刺戟・衝き棒が必要だったということ、かつまた彼らをその共生形態の中にとどめておくには、怖るべき宗教のこの上なく強い制動・手綱が必要だったということ、である。〔…〕

人間的事象のこのような自然から da questa natura di cose umane、次の永遠の獲得物 eterna proprietà が残された。即ち、婚姻は真の自然な友情 la vera amicizia naturale であり、そこでは三つの善の目的、高潔であること、有益であること、悦楽であること、これら三つすべてが互いに自然に naturalmente 通い合っているということ、だから夫と妻は、自然に per natura、生のあらゆる順境と逆境を通じて、同一の運命を分かち持つことを敢行する、ということである。（まさに「友は万物を共有する」と言われたように）〔…〕」（554、下線引用者）3）

3）内容としては常識的な考えだとも言える。フランス中等教育の哲学の教科書、Ｐ.フルキエの『哲学講義・４』（ちくま学芸文庫）にはこうある。「愛は性本能に根を下ろしている。すべての生物と同じく、人類は種の永続を確実にするための行為を本能的に行う。しかしそれに加えて、自らの傾向について反省的意識を持ち、愛という形態によって性本能が社会化された結果、人間は他の動物よりも、より強くより習慣的に異性に惹かれる。〔…〕この本能的傾向は、あらゆる種類の道徳的混乱や犯罪さえも惹き起こすものでもある。家族があればこそ、この傾向の充足は、それが単に秩序のうちにおいて確保されるにとどまらず、家族がなければ混乱しかねない秩序を確保するのに寄与しているのである」（第18章、第１節、§２）。宗教性を極力排除するフランス教育ならでは、と言うべきか、（しかし、天から降ってきたような、また、歴史から学ぶべき最大の教訓は人間が歴史から学ばないということだ、と或る歴史家に言わしめる現実からすれば俄かにはその有効性を信じがたい）「反省的意識」が、ヴィーコの言う宗教的畏怖にとって代わっていることを除けば、大体同じ内容だ。ヴィーコが「真の自然な友情」と呼ぶ心的領域の問題が抜け落ちているというのなら、すぐ後にオーギュスト・コントの「まことに良識ある見解」が引かれており、「家族を通じてのみ、人間は真に自分の個体性から脱却し始めるのであり、自分の最も強力な本能に服従しつつも、はじめて他者のうちに生きることを学び始めるのである」、とある。混乱・堕落の強い要因でもある性愛を根本に据えて人間の倫理性を論じようとする、いわば色気と品の両立を理想とするいかにもラテン的な西欧の常識が窺える。しかしその常識の要所は、「反省的意識」とか、自己愛からの「脱却」とか、「他者のうちに生きる」などの、美辞麗句によって支えられている。ヴィーコの、圧縮と膨張からなる非・良識的スタイル（膨張とは、同一の主題にその都度異なる観点から執拗になされる反復的アプローチ）は、古典的な人間観の上辺をともすれば覆いがちな慢心した常識の皮膜を裂き、その下に生動する不安で不確定な何かに密着するための手立て（ヴィーコにとってのみならず我々にとっての手立て）だ、と考えて、それ相応のやり方で以下読んでゆく。

引用後半の「自然」、「自然な」、二回の「自然に」。執拗に natura へ言及するヴィーコが考えているのは、まず「神の摂理」だろう。「野獣的自由のせいで人間的共生に移行すべく馴致されることから遠かった」存在が、それでもその「移行」を果たしたことを「熟考」すればするほど、その理由として摂理の導きを考えずにはいられないのは理解に難くない（他の個所では「この婚姻は神の摂理から生じたものである」とある（505））。同時に、特に二回の「自然に」においては、摂理の導きを強制的拘束としない、人間本性にある〝光〟の関与が考えられているのだろう。「神の摂理」と「自由意志」との協働態としての「自然」。しかし、この「自然」は、なんと不自然で、不安定に「闇」を宿し、矛盾・葛藤ですらあるものを示唆し選択することか（引用前半の二つの「必要」、アクセルとブレーキとを殆ど同時に踏むような矛盾した「必要」）。

まず、婚姻で担保される三つの善のうち、最も安定したものに思えるのは「有益さ」だが、それが宿す、「闇」との危うい関係。その「有益さ」はヴィーコにとって、自らの（と認知できる）子孫を持つこと、育てること（336）に他ならないが、それ以前の人間の状態は次のように表象される。

> 「〔神学詩人たちは〕まず、女性のおぞましい共有状態での人間の種子の混乱を〈混沌〉と呼んだ。〔…〕さらに彼らは〈混沌〉を、すべてを貪り喰う不定形の怪物オルクスとして想像した。なぜなら、女性のおぞましい共有状態にあった人間たちは、自分たちに固有の形を持たないまま虚無に呑み込まれていたからだ。子孫が誰か不確かである以上、自分自身の何をも残さなかったのである」（688）

婚姻への移行は、共生・愛に向かう「自然」の光によって説明されると同時に、こうした原初の寄る辺なさ、自分が自分でも何であるのか不確かな状態、混沌の恐怖、無益に失われる自己の存在への不安、等の（第一の）「闇」から自らを救出し、自己の存在確認を得るための方策でもあることになる。ヴィーコはここに、自己愛の活動（第二の「闇」）を見ていないだろうか。原初の不安な闇は次のようにも表象される。

「〔太古の諸民族は〕、地上の大森林の中を獣さながらに彷徨して歩き、嫌がり同意しない女たちを追いかけるため、野獣から身を護るため、食糧と水を求めるため、仲間と離れ離れになり、長い期間を経て野獣と変らぬ状態に陥っていた。そのとき、神の摂理の定めた機会に、こうした人間たちは或る凄まじい恐怖に揺すぶられ、呼び覚まされて〔中略〕或る所にとどまり、身を隠すことになる。そして特定の女と同棲し、〔…〕」(13)

「獣さながら」の性衝動に対して「嫌がり同意しない女たち le schive e ritrose donne」との関係、他者の道具的使用、この「野獣的自由」に伴う不安、（非人間性という概念を持たない太古の人間にとっては）ゆえ知らぬ不安という闇。なるほどこの闇は「或る凄まじい恐怖 un terribile spavento」（良心の疑懼？）として意識化される。そこに「神の摂理」のみならず人間の善性の光が差し込んでいるとは言える、が、闇は追い払われたのだろうか？

ヴィーコは、「或る凄まじい恐怖」の意識化の契機を「世界大洪水」後の自然現象に求める。「一部の巨人たちは」「凄まじく恐ろしい雷光の閃きと雷鳴の轟き」という「原因の判らない大いなる現象に驚愕し茫然として目を上げ天に気付いた」(377)。そして、それを「天空の神、ゼウス神として彼ら自らが想像し、信じ」た（先程引用した13の中略の個所)。その「彼ら自らが想像し信じ」「畏れた神への気遣いから per lo timore dell'appresa divinità、彼らは覆いの下で al coverto 宗教的で慎ましい感情とともに肉の交合を繰り返すことで coi congiugnimenti carnali religiosi e pudichi 婚姻を祝福し、子供を生み、そうして家族を構成するに至った」(先程の13の引用に続く個所)。

「宗教的で慎ましい感情」を伴う「肉の交合」において闇は浄化されたのか？なるほど浄化が強調されるようではあるが（下線部)。

> 「努力 conato とともに彼らの内に魂の徳力 virtù dell'animo が萌し始めた。〔中略〕。彼らは各々が自分のために一人の女性を自分の洞窟の中に苦労して引きずり込むこと strascinare、その女性を彼らの生の永続的な伴侶として身近に置くことを始めた。彼女らと人間的な愛の行為 la venere umana が、覆いの下で、隠れて、即ち慎ましさ pudicizia とともに、行われた。かくして彼らは羞恥 pudore を感じ始めたのである。ソクラテスは羞恥を〝美徳 virtù の色〟と呼んでいた」(504)

3．性愛と品位の交叉

「覆いの下で」「隠れて」執り行われる「人間的な愛の行為」に随伴する「慎ましい感情」「慎ましさ」、〝美徳の色〟たる「羞恥」。浄化を思わせる要素の反復・強調。だが（或いはヴィーコの論理では、なぜなら)、「肉の交合」の闇は浄化されるどころではない（からだ)。「肉の交合」を賦活するのは、(引用（d）に戻ろう)「怖るべき宗教のこの上なく強い制動・手綱 i fortissimi freni di spaventose religioni」を不可欠ならしめるほどの「野獣的性衝動のこの上なく烈しい諸々の刺戟・衝き棒 i pugnentissimi stimoli della libidine bestiale」という闇なのである。(先程引用した504でも、中略の箇所に、「〔彼らは〕野獣的性衝動を甚大な畏怖の対象である天空の面前で遂行することから抑制し、contenendo la loro libidine bestiale di esercitarla in faccia al cielo…」とある。性衝動自体が「抑制された」わけではない)。

なぜこのような回りくどい、相矛盾する二つの激化が表象されるのか?後で見るボードレール(19世紀フランスの詩人)は、「下降の悦び」・「獣性」と「位階において上昇することへの欲望」・「精神性」との厳密な同時性に人間性を見る[4]。ヴィーコも、相反するものが互いに賦活しあうところに生じる(第二の洗練された自然たる?)矛盾体・葛藤体としての人間を考えているのではないか。相手を一人に限定し、その「永続的な伴侶」に対して、(第一の粗野な自然に因って?)飽きる、関心を失うどころか、「自然に、生のあらゆる順境と逆境を通じて、同一の運命を分かち持つことを敢行する」までに「高潔 onesto である」ほ

4)「いかなる人間にも、いかなる瞬間であれ、二つの請願 postulations が同時に存在しており、一つは神に向かい、一つはサタンに向かう。神への祈願、即ち精神性は、位階において上昇することへの欲望 un désir de monter en grade である〔堕落した(位階堕ち= dégradé の)現状を基点として考えているのだろう〕。サタンへの祈願、即ち獣性 animalité は、下降の歓び une joie de descendre である」(『赤裸の我が心』11)。この一節についてサルトルはこう書く。「こうして人間は、相反する二つの力から生じる緊張として現れるが、その各々が人間性の破壊を目論んでいるということになる。なぜなら、一つは人間を天使に、他は動物に向かわせるからである。パスカルが、人間は天使でも動物でもない、と書いたとき、彼は人間を静止した状態、仲介的な〈自然〉と考えた。ここにはそうした考えは全くない。ボードレール的人間は状態ではなく、一方は上に、他方は下に向かう、相反するがいずれも遠心的な二つの動きの交叉なのである」(『ボードレール』)

ど「位階において上昇する」ためには、「下降の悦び」によって生が根源的に活性化されている必要がある、つまり、いかなる時も自分の取り分と「救済」[5)]を要求する永遠の自己愛という闇（その執拗さ・根強さからすれば生命の活力の根幹とも言える闇）と根源的に響きあい、そこに更なる活性化（或いは生の濃密性という「救済」）をもたらす「野獣的性衝動のこの上なく烈しい諸々の刺戟・衝き棒」という今一つの闇が必要だ、と。

「この上なく烈しい pugnentissimi」は、pugnare（敵対・闘争する）から派生したのであろう形容詞の絶対最上級。「この上なく烈しい諸々の刺戟・衝き棒 stimoli」なる表現に圧縮されたものの拡張を試みよう。手酷い扱いに加えて、（初等の粗野な自然に因る？）充足可能ないかなる欲望にも〝敵対〟し、より深い〝悦楽 diletto〟に向かう欲望、つまりいかなる充足・飽満・解消もない絶対的な欲望が生じること。既に引いたが（504）、「彼らの生の永続的な〔終わりも断続もない〕伴侶として in perpetua compagnia di lor vita」遇される他者とは、そのような、充足を知らない欲望の対象であり、飽満・解消に無縁の「永続的な」「悦楽であること 'l dilettevole」それ自体と化した他者ではないだろう

5）「人間たちは、その堕落した本性のため、自己愛に専制支配され、主として自分にとっての有益さしか追求しない。〔…〕野獣さながらの状態にある人間は、ただ自己の救済 salvezza のみを愛する。次いで妻を持ち子供を設けると、自己の救済を家族のそれと込みで愛する。市民生活 vita civile の段階に来ると、自己の救済を都市のそれと込みで愛する。その支配が幾つかの民族の上に拡張されると、自己の救済を国家のそれと込みで愛する。さらに諸国家が戦争、講和、同盟、交易などにより結合されると、自己の救済を全人類のそれとともに愛する。人間は、どの段階にあろうとも、主として自己の利益を愛するのである。〔…〕」（341）

か。ヴィーコがナポリの人間だから、というわけでもないが、連想されるのは、ミシェル・トゥルニエ（1924〜）が、現代フランスで「おそらく最も地中海的な作家」たるポール・ヴァレリーを端的に示す詩句として引用する、「真昼はそこで火をもって作り上げる、/海を、つねに繰り返される海を！ Midi le juste y compose de feux / La mer, la mer, toujours recommencée!」（「海辺の墓地」）である。「地中海の岸辺が潮の干満の現象を知らない」という指摘にも注目したい。と同時に、トゥルニエ自身こう書いていることも。「相手の顔が、相手のからだの他のどの部分にも増して〔或いはどの部分もそうしないような〕肉体的欲望を吹き込むようになれば、それは、あなたが相手を愛によって愛していることの間違いのない徴しである。Il y a un signe infaillible auquel on reconnaît qu'on aime quelqu'un d'amour, c'est quand son visage vous inspire plus de désir physique qu'aucune autre partie de son corps.」[6]

6）*Petites Proses*（1986，邦訳『海辺のフィアンセたち』、紀伊國屋書店）の「ある作家の死亡告知」の章から（ヴァレリーへの言及も同書、「地中海」の章から）。「顔」が（旧知の生理的欲求たる）「肉体的欲望」を“刺激する exciter, provoquer”、ではない。動詞は inspirer（未知の考え・情動を“吹き込む・生む”）。愛は、肉体的欲望をそのつど未知の感情のように（或いは未知の情動をそのつど深い官能的欲望のように）吹き込む、しかも充足には最も不適切な様態で（人格的個性の座である顔は肉体的欲望の充足に適した器官ではないから）、だがその宙吊りの状態を情熱は、絶対的な濃密・充溢であるかの如く飽かず繰り返す（「火で」できた「海、つねに繰り返される〔つねにふたたび始められる〕海」のように）、と考えられる。この絶対的充溢は絶望的な欠乏感へとつねに暗転可能な何かだが仕方ない。愛を幸福追求と同視したいわけではなく、ヴィーコの言う（引用 a と43頁・504冒頭）「努力の態勢 in conato」にある「情熱」について想像をめぐらせているのだから。

自己愛（生命の根幹たる闇）の根源的な賦活であって初めて、「悦楽」は「高潔」と「自然に通い合う naturalemente si comunicano」。激化・深化した「悦楽」による生命的賦活なくば、自己愛は、その本性に反して、他者と「自然に、生のあらゆる順境と逆境を通じて同一の運命を分かち持つことを敢行する il marito e la moglie corrono per natura la stessa sorta in tutte le prosperità e avversità della vita」までにはならない。或いは、生・悪の闇により濃密に関わり、だが「自然に」でなければ、この善の「敢行」は人間性の生ある光とはならない。ヴィーコの生の哲学は人間性の中心部に強い捩れを設定する[7)]。

最後に一応、「分かち持つことを敢行する」（動詞は correre、意味は、〔危険を〕冒す、〔競技に〕参加する）に圧縮された含意を確認しよう。つまり、他者へのかかわりが、自己愛への見返りが極めて希薄であるような共苦を含むことである。ヴィーコは埋葬を、宗教、婚姻に次ぐ第三の人類共通の習俗とする〔333〕が、別の箇所では婚姻と埋葬がほぼ同時に生起したように書く[8)]。そして埋葬

7）自己愛からの脱却、克己、義務などの美辞の実効性を信じる精神主義はヴィーコに無縁。生の根幹をなすと同時に付き合い方を誤れば執拗な悪である自己愛の闇を、軽々しく考えるべきではないし、甘く見ることはできない、これが彼の立場。「存在は、その自然状態の外では安定もせず持続もしない」(134)。「肉体から精神に刻印される諸々の衝撃 i moti impressi alla mente dal corpo」を「鎮める」代りに、「より良い使用のため、それらに別の方向を与えようとする」「文明人 uomo civile の努力」(340)。「人間精神が知性を働かせるのは、感覚したものから、感覚の中に落ち込んでこないものを集めるときである」(363)

8）「〔…〕肉の交合を繰り返すことで婚姻を祝福し、子供を生み、そうして家族を構成するに至った。そして、永い定住と祖先の度重なる埋葬とともに、〔…〕」(13)

について以下のことを強調している。まず、仲間の「逆境」の最たるものの情動的認識（死後は動物さながら腐敗し悪臭を放つ不名誉になすすべもない仲間の「逆境」への「憤慨」、その「逆境」に不正を見るかのような「憤慨」）であること――「敬虔な巨人たちは、仲間の屍骸が、彼らの傍らで、地面の上で、腐敗し悪臭を放つのに憤慨したに違いない dovettero risentirsi del putore che davano i cadaveri de' lor trappassati, che marcivano loro da presso sopra la terra。そこで埋葬を始めたのである」(529)。更に、他者の逆境を分かち持つ共苦であること――「古墳は元来は僅かばかりの土を盛り上げたものにすぎなかった。(例えば古代ゲルマン人もそうしたが、彼らは死者に沢山の土をかけてはならないと考えたからである。〔…〕〝土の汝に軽くあらんことを〟と祈ったのである」(529)。埋葬の習俗として独立した形をとる、こうした他者の逆境の認識と共苦、あるいは人間性（「ラテン語では〝人間性〟humanitas は〝埋葬する〟humando から派生する」(12))、これをヴィーコは、婚姻における（「有益」と「悦楽」とに混入・賦活されていた）「高潔 onesto」さの具体的なありようとして思い浮かべていたものと思われる[9]。

婚姻において「三つの善の目的、高潔であること、有益であること、悦楽であること、これら三つすべてが互いに自然に通い合っている naturalemente si comunicano tutti e tre i fini de' beni, cioè l'onesto, l'utile e 'l dilettevole」。この見解は、初見では幻想とも単なる御題目とも思えるが、その基底にあるものは、見てきたように、自己愛の闇への徹底した現実主義の視線だった。しかもその視線には単に警戒的な猜疑だけでなく信頼がある。その悪と生命との闇への関わりにおいてこそ逆説的に「永遠の獲得物」たる愛の形が生じ得る、という、人間性の光（「自由意志」）への信頼[10]。ヴィーコは現実からの避難所としての幻想を提示するのではなく、むしろ生の現実の難題を引き受けることを我々に求めているようだ。彼は、放って置けば「自然に」「三つの善の目的」が「通い合う」などと言っているのではなく、どれかが突出することなく、三つともがお互いに「自然に」賦活しあう形の愛でなくては、人間の「永遠の獲得物」であるに値しない、と言うのだから。

9）婚姻を論じる箇所で、ヴィーコはなぜ、他者の逆境の認識と共苦を動詞 correre に圧縮して示唆することで事足れりとしたのか。理由は、その直前で彼が婚姻を「友情」と言い換えていることに求められる。そこに或る明示があると考えたのだろう。「友情」の語源には「愛する」ことがある。「愛する」ことと、他者の逆境の認識と共苦、両者の一体性を、ヴィーコは明証的な事柄と考え、人間の「共通感覚 senso comune」（「或る集団全体、或る民族全体、或る国民全体、或いは人類全体によって、なんらの反省を伴うことなく、共通に感覚されている或る判断」(142)）に属するものと見做していたのだろう。「こうして実現された婚姻は、この世に生まれた最初の友情であった。〔…〕友情 amicizia を表すギリシャ語のピュリアは、ピレオー（私は愛する amo）と同語源であり、〔…〕またイオニア・ギリシャ語でピリオスと言えば、〝友人 amico〟のことであった〔…〕」(554)。共苦を含意する愛についての少なくとも「共通感覚」に信頼を置く点、まだしもヴィーコの幸福が云々できるかも知れない。次章で触れるラ・ロシュフーコーの方は、「我々は全員、他人の諸々の苦痛に耐えるに十分な強さを持っている Nous avons tous assez de force pour supporter les maux d'autrui」（箴言19）といった皮肉を飛ばさずにはいられないほどの人間の無残な現状認識から出発しなければならなかった。つまり、愛や共苦や連帯は絵空事、ただ「他人の諸々の苦痛に耐えるに十分な強さ」（鈍感さと揺るぎない無関心）を有し、自分の不幸には敏感で、「耐える」代わりに過大視、自己憐憫に堪能な人間の常態への苛立ちから出発しなければならなかった。

10）が、ヴィーコにあって信頼と警戒は連携を解消しない。婚姻が「永遠の獲得物

eterna proprietà」だとされるが、形骸化の現実が視野にあってのことだ。彼はこう書いている。「人間はまず必要なものを感じ、次いで有益なものに注意を向け、続いて快適さ il comodo を知り、その後、快楽に惑溺し〔快楽それ自体を悦びとし si dilettano del piacere〕、次いで贅沢の中で溶解・解体し si dissolvono nel lusso、ついには財産〔共生を可能にする諸習俗・制度〕を乱費・濫用する狂気に至る finalemente impazzano in istrappazzar le sostanze」(241)。また、「民衆の性質は、最初は酷薄 cruda で、次に厳格 severa になり、それから恵み深く benigna、次いで繊細 delicata になり、ついには放縦 dissoluta になる」(242)、とも。つまり、「自由意志」の干渉しない人間の自然な道程は自己崩壊へのそれであり、従って、「永遠の獲得物」(例えば婚姻という「財産」)を常に光ある様態で安定所有できるわけではない。こうした警戒がヴィーコの思索から消えることはない(「著作の結論」に至っても然り(1102、1105、1106))。

その警戒に従って見直してみよう。ヴィーコは、「獣さながら」の欲求に「嫌がり同意しない女たち」(42頁・13)が、婚姻において、男たちの、或る種の暴虐すら排除しない「この上なく烈しい」「獣的性衝動」を受け入れた、とするようだが、これは、女たちが「恵み深く、次いで繊細になる」段階にあたるのだろう。「羞恥」を伴うほど激化した愛欲に混乱する憐れな存在を受け入れることは、(「繊細」な漠たる感知から、それが単なる混沌・汚辱ではないと告げることでもあり)「恵み深い」ことだ(助力し善をなす優しさが benigno)。が、「繊細」さの「放縦」への傾斜。男の烈しい獣的情欲を満たすべく身を開くことが、自らの〝悦楽〟や〝有益〟(単なる家庭の安寧)や男の〝高潔〟(単なる忠実さ)を得るための一種の投資となることへの女たちの「繊細」な理解、という凝固。だとすれば、そこに透けて見えるのは、身を立て直した明敏・粗野な自己愛と、なるほど「快楽に惑溺する」「放縦」の端緒、のみならず狡猾、「熟慮の野蛮」(1106)の端緒である。

Ⅳ　自己愛という悪とのつきあい方
——ラ・ロシュフーコーの場合

1．永遠の自己愛（安息欲求、嫉妬、媚態）

ラ･ロシュフーコーも自己愛の執拗さを執拗に述べる。（以下の『箴言集』の訳文は、岩波文庫、二宮フサ訳を参考にした）。例えば初版の冒頭に置かれていた（がその余りのくどさのためか第二版以降は削除され、現在ではＭＳ1と分類される）箴言を読んでみよう。

自己愛 amour-propre とは、自分自身への愛であり、いかなるものでも自分のために愛する愛である。それは人間を自己の偶像崇拝者にする。またそれは人間を他者に対しては暴君たらしめるだろう、もし運命がその手段を与えるならば。自己愛は自分の外では決して安息を見出さない。自分以外の事柄に立ち止まるとすれば、あたかも花に止まる蜜蜂のように、そこから自分に適したものを引き出すためでしかない。〔…〕人は自己愛の深淵の深さを測ることも、その暗闇を見通すこともできない。〔…〕自己愛はそこで誰にも感知できない百千の変転や回帰を行う。〔…〕自らの知らぬ間に無数の愛情や憎悪を孕み、養い、育てる。しかも実に醜怪きわまる愛や憎しみを作るから、産み落とした時に我が子とわからない、もしくは我が子と認知する決心がつかない。〔…〕だがこの深く厚い闇〔は〕自己愛が自己の外にあるものを完璧に見ることを些かも妨げない。〔…〕事実、自分の大きな利害得失に関わることや自分にとっての重大事に臨み、烈しい願望が注意力を総動員するとき、自己愛はすべてを見、感じ、聞き、想像し、疑い、洞察し、看破する。〔…〕自己愛は生のあらゆる状態、あらゆる状況に存在する。〔…〕自己愛が時として、自己破壊のために、この上なく苛酷な禁欲と結びつき敢然と手を携えることがあるとしても驚くにはあたらない。なぜなら自己愛は或る所で破滅すると同時に別の所で身を立て直すからだ。〔…〕自己愛が敗北し、我々が自己愛から解放されたと思うときでさえ、我々は、自らの敗北に勝ち誇る自己愛を再び見出すのである。以上が自己愛の肖像であり、一個の生の全体は、自己愛の大きな長い揺動にほかならない。〔後略〕

自己愛の支配は「一個の生の全体」を超えて永遠性に溶け入りさえする。引用文の後略の部分（ＭＳ１の末尾）にはこうある——「海が自己愛の、感知できる似姿である。自己愛は、海の絶え間なく寄せては返す波に、自らの想念と永遠の動きとの、ざわめきに満ちた継起の、忠実な表現を見出す」。

永遠を思わせるその執拗さ、多産性、変幻自在、またその明視の能力、自己愛はやはり生命の活力の根幹をなす「深く厚い闇」と見なされているようだ。だが間断なき「揺動」それ自体が目的なのか？ラ・ロシュフーコーはそうは見ていないようだ。上の引用文で彼は、自己愛の本質を「安息」欲求として語り始めている（「自己愛は自分の外では決して安息を見出さない Il ne se repose jamais hors de soi。自分以外の事柄に立ち止まるとすれば、あたかも花に止まる蜜蜂のように…」）。到達できない「安息」を求めての無窮の「揺動」（ゆえに「自己破壊」が思い描かれることにもなる）…

ともあれ、愛における安息欲求がこう述べられる。「愛ほど、自己自身への愛が強く支配する情念はない。人は常に、自分の安息 repos を失うくらいなら愛する相手のそれを犠牲にする、そういう心の姿勢をとっている」(262)。だが現実には愛と安息欲求とは反りが合わない。「愛は燃える火と同じで、絶えずかきたてられていないと持続できない。だから愛は、希望を持つことや不安であること craindre をやめると、ただちに息絶える」(75)。そして愛に好都合なことには、とりわけ「不安であること」、恐れることには事欠かない（「考察IX」では「嫉妬、不信、飽きられる恐れ、捨てられる恐れ」などが語られる）――「愛しているとき、人は最も信じていることをしばしば疑う」(348)。「嫉妬は必ず愛とともに生まれる〔…〕」(361)。嫉妬のうたぐりようは甚だしく、こちらの懸念を相手が否定しても疑いは消えない。グラン・ゼクリヴァン版、箴言348の註には、ある女性が恋人に、「あなたは私〔の断言〕よりも自分の目を信じるのか」と怒った話が引かれている（二宮フサ訳岩波文庫の註による）。プルーストも繰り返すように、常日頃の他者への無関心が愛によって中断されると、しばしば我々の目と判断力は確かな材料を失うように思う、だが実は元々多義的である現実に直接に眼や耳が晒されることになった、ということである。この意味では積極的な価値を持つとも考えられる嫉妬だが、「嫉妬のなかには愛よりもより多くの自己愛がある」(324)。無関心が根絶されたわけではない。ただ、（自分より好かれているらしい）他の男と比べて自分が劣っていると感じる自己愛にとっての痛恨事、それが事実なのか否かを知りたい限りで鋭敏になった疑いにすぎない。ともかく、安息欲求としての自己愛が病的な苦しみ（「〔…〕嫉妬は必ずしも愛とともに死なない」〔361〕）の要因そのものになる、という皮肉。

では相手の心をそれ自体として識ろう、となると、媚態 coquetterie という女性の自己愛の問題が持ち上がる。「人の気を惹こうとする欲望 l'envie de plaire」、「自分の魅力や好意のしるしを高く買わせること plus on lui fait acheter des grâces et des faveurs, plus…」、即ち「媚態は、およそ女たちの虚栄心 vanité を満足させ得る対象の上にあまねくふりまかれる」（「考察XV」）。女性の言葉が不信を呼ぶのは、「彼女たちは自分の媚態のすべてを知り尽くしていない」(332)から、「自分の媚態を克服することは、女性には、情熱を抑える以上に困難だ」(334) から、である。更に、「とかく女性は愛していないのに愛していると思い込む。駆け引きへの熱中、艶っぽい言動が掻き立てる精神的昂奮、愛される歓びに自然に惹かれる傾向、愛を拒む辛さ、こうしたことが、媚態しか持たない女性に、自分は愛していると信じこませる」(277)。

2．自己愛の浄化ではなく不安な洗練（「馬鹿者のように」ではなく「気違いのように愛する」）

かくして嫉妬にプライドは傷つき、安息も得られない、女性嫌悪に陥りそうでもある、至る所にすべての原因として自己愛の暗躍。愛することから身を引くか？となりそうなところで、ラ・ロシュフーコーは急旋回する――「妬み envie は真の友情によって、媚態は真の愛によって、破砕される」(376)。

自己愛の浄化が「真の友情 véritable amitié」「真の愛 véritable amour」を可能にする、ではない。ヴィーコと同様、或る激化が表象される――「愛に抵抗するのに役立つその同じ毅さが、愛を烈しく、また持続的 violent et durable にするのに役立つ。だから〔受動的に〕始終情熱に翻弄されている弱い者たちは、殆ど一度として真に情熱に満たされることはない」(477)。

この「毅さ fermeté」（毅然・断固たる能動性）において、ヴィーコと同じく、生命力の根幹たる自己愛の賦活が考えられているのではないか？「真の友情」についての次の箴言はそう考えさせる――「我々は自分との関わりにおいてしか何者をも愛し得ない。我々が友人を自分自身より好むときにも、我々は自分の嗜好と快楽に従っているにすぎない。だが、この、他者を自分自身より好むということによってのみ、友情は真実で完全なものになり得る」(81)。

この「真実で完全な」友情とは、「自分の嗜好」を満足させる「快楽」に賦活される自己愛が、その自己愛のことを（所詮は…という形で）とやかく言うことがさもしさでしかなくなるような地点（献身・自己犠牲）にまで〝毅然と〟「烈しく」されたものではないか。同様に、愛についても、自己愛を根源的な構成要素としながら、それだけを云々して済ませられない、内的不整合を孕む愛が、あたかもその状態で初めて正面から取り上げるに価するかのように、「定義」の対象となっている。

> 「愛を定義するのは難しい。言い得るのは、愛は、魂においては或る支配の情熱であり、精神においては或る共感であり、肉体においては、愛の対象を多くの神秘の後に所有しようとする隠れた繊細・微妙な欲望でしかない、ということだ」(68)

最も根源的な「魂」においては「支配の情熱 une passion de régner」。ＭＳ１では「自己愛は人間を他者に対しては暴君たらしめるだろう、もし運命がその手段を与えるならば」とあった（ヴィーコなら「運命」の代りに「野獣的性衝動のこの上なく烈しい刺戟・衝き棒」を言うだろう）。「愛の過剰 excès が〔傷つくことを恐れる半端な自己愛たる〕嫉妬を阻止しているような愛がある」、という箴言336も、とりわけこの「支配の情熱」の激化を表象しているのだろう。

次いで、その根源的情熱と相反する、しかし、その粗野な情熱の激化において生まれるのであろう「精神」における「或る共感」(dans les esprits c'est une sympathie)。「精神」が複数形なので、まずは二人の精神の親和力（気が合う）という意味が考えられるが、「共感 sympathie」のギリシャ語源における〝他者の苦しみをともにすること〟、つまり共苦の意味合いを除外はできない。没後刊行の箴言に、「愛と美徳を併せ持つとき、女性はなんと同情 plaindre に価することか！」とある（ＭＰ48）。非婚姻関係においてそういう女性の抱える痛みだけに限定して考えるべきではないだろう。「誰かを愛している女性というものは、相手の小さな不実〔浮気〕よりも、大きなindiscrétions〔失礼・不躾な言葉・振舞い〕を、より容易に赦す」(429) という現実を知る著者が、その外観的には露悪的・皮肉な調子[1]の下で、「大きなindiscrétions」(先程の「支配の情熱」との関係で言えば、〝もの〃や〝めす〃扱いされることか？) と密な関係にある愛の高揚感[2]――それゆえに相手を「赦し」はするが、自らの美徳・自己意識には受け入れるのに抵抗がある事実――によって女性の内に生じる或る種の自己疎外に

1) 年若いラファイエット夫人が『箴言集』について、〝よほど心の中も頭の中も腐っていなければこんなことが想像できるはずはありません〃、とサブレ夫人宛の手紙に書いたことは有名な話。尤も、後にラファイエット夫人はサブレ夫人とともに、ラ・ロシュフーコーの後半生の最良の友となった。(岩波文庫、解説から)

2) これを男の立場から言い換えるのが箴言331だろう。「酷い扱いを受けているときより、幸せなときのほうが、恋人sa maîtresseに忠実であることは難しい」。また、同じフランスでも、現代的に大衆文化――分かり易さの外観で満足・安心し、咀嚼の労を厭う文化――に譲歩した文体 (或いは中学校の授業での先生の発言と省察という設定) ではこうなる。「〔…〕〝愛と友情との間には、もう一つの違いがあります〃と先生は続けた。〝つまり、敬意なしには友情はあり得ない、ということ。もし友人の或る行為を君たちが品位に悖ると判断したら、その人間はもう君たちの友人ではない。友情は侮蔑によって殺される。だが愛の方は、ああ、そうではない！〃〔…〕相手の愚かしさ、卑怯、下劣さなどには無関心な、愛のあらゆる激情toute la rage amoureuse。無関心？いや、愛の烈しさは時にこうした汚辱のすべてに養われさえしている！あたかも愛する人の最悪の難点の数々を渇望し、飽かず味わうかのように。というのも、愛は食糞性でもあり得るのだから。〔…〕」(*Petites Proses*〔1986、邦訳『海辺のフィアンセたち』、紀伊國屋書店〕、「三番目のA」)

密かに寄り添っていたことは想像に難くない。また、愛によって生じる自己への違和感ゆえに、その都度「赦し」つつも募る反対の情動を相手に向けざるを得ない事実に、不安な共感（共苦）とともに、次の箴言は触れているのだろう。「愛はその作用 effets の大部分から判断すると、友情よりも憎悪に似ている」(72)、或いは「恋人を愛せば愛するほど、憎むのと皮一重になる」(111)。

「肉体においては、愛の対象を多くの神秘の後に所有しようとする隠れた繊細・微妙な欲望でしかない dans le corps ce n'est qu'une envie cachée et délicate de posséder ce que l'on aime après beaucoup de mystères」。込み入っていて分かりにくい表現であり、この「欲望」に対して否定的なのか（「…でしかない」という構文）肯定的なのか（「繊細・微妙な délicate」という形容）も掴みにくい。が、あれほど媚態や嫉妬について悪し様に呪わしげに語る著者である、まず、「多くの神秘」が指すのはそうした惑乱や苦悶の諸要因だろう。すると、「多くの神秘の後に」とは、そうした悪しきものを（万が一それが可能なことなら）剥ぎ取って、という意味だろうから、問題の「欲望」は、そういう赤裸の（というと真実を思わせるが、むしろ単に）もはや厄介でない状態で「愛の対象」を「所有」したい「欲望」であり、本質的には安息欲求としての粗野な所有欲ということになる。なぜなら、粗野な、自然な成り行きとしては、所有したものに人は早晩飽きるのだから、所有は、対象からこれ以上煩わされないための、無感覚に至るための（無意志的ではあれ）自然な方法でもある——「我々が獲得したものは我々自身の一部になる。〔…〕それを持ち続ける快楽はもはや感じられない。歓びは色褪せ、人はあれほど欲望していたものの中にではなく、それ以外のところに歓びを求める。この無意志的な移り気 inconstance involontaire〔…〕」（「考察Ⅸ」）。が、相手があたかも〝もの〟であるかのように振舞うこの粗野な所有欲は、ここでは「肉体」のレベルに「隠れて」存在するにすぎない（それゆえ「…でしかない」という言い方になる）。それは、「精神」における共感・共苦（その対象は〝もの〟ではない人間）と矛盾しつつ不安定な緊張関係にある。そのせいだろう、「隠れた」欲望だから強いというわけでもなく、この所有欲は、粗野な安息欲求の強さを失い、「繊細・微妙」な欲望になっている。やはり「神秘」は字義通りに取らねばならない。赤裸の存在に触れようとしながらも、そこにおいて失われ消え去るかもしれないすべてを惜しむ（それが嫉妬の苦悶を惹き起こす曖昧な眼や言動、また気掛かりな媚態であれ）、それを魅力・「神秘」と感じずにはいない、それ自体で矛盾を孕む欲望である。

「定義」の対象たるに相応しい愛の形。自己愛は浄化されるどころか、とりわけ「支配の情熱」として激化している。だが、この愛の本質は、単に「過剰」な「烈し」さにあるのではなく、その過剰さにおいて初めて生じ、維持され、「持続的」なものになる内的不整合、魂、精神、肉体の相互の矛盾・緊張関係にあるようだ。結果的に自己愛には不都合な（一体何の見返りがあるのだろう？）このような内的危うさ（「気違いのように愛すること」）において、他者の多層性・多義性（充足・快楽のみならず気掛かり・不安・苦悶、また共苦を惹起せずにはいない厚み）が可感なものになる。情熱から生まれる無秩序を（癒すべき何かではなく）愛に固有の現実として受け容れることに、ラ・ロシュフーコーにとっての人間性（品位・思慮・成熟）がある、これは以下の箴言に明らかではないだろうか。

品位。「紳士は気違いのように愛することはあっても、馬鹿者のように愛することはない。Un honnête homme peut être amoureux comme un fou, mais non pas comme un sot.」[3)] (353)

思慮。「狂気なしに生きるものは、自分で思うほど思慮深くはない。Qui vit sans

folie n'est pas si sage qu'il croit.」(209)

成熟。「人は年をとるにしたがって、いっそう物狂おしくなり、そしていっそう思慮深くなる。En vieillissant on devient plus fou, et plus sage.」(210)

神を持ち出す、持ち出さないの違いはあれ、ヴィーコ、ラ・ロシュフーコー、いずれも自己愛の闇（生の根源的な悪と欲動）を浄化するどころか、不自然に激烈化させることで可能になる愛を語る。それも、不承不承にではなく、積極的に。自己愛にとって不都合な諸々の情動（宗教的畏怖、絶望的欠乏と皮一重の絶対的悦楽、相互の矛盾から狂気と酷似する諸々の情熱・欲望、また共苦）へと繁茂する愛を、人間であることの品位が賭けられる何かとして。安息、沈静化においてではなく、内的不整合と過剰さにおいてしか現れない愛と品位。このような、割りに合わない投資と代償を要求する、居心地も座りも悪いシナリオを持つ幻想はないだろう。むしろ、生の現実であり、とりわけ生の現実の凄まじさ terribilità（ヴィーコはここに「神の摂理」を見ているのではないか）[4)]の選択と受け容れに関することのように思える。それでもこれを幻想と言って済ませるのは、成熟しない自己愛――自らの善性を信じ、疑わず、従って自らとの付き合い方、自らの使用法を学ぼうとしない、「自由意志」の成熟を拒否した粗野な自己愛――ではないか、と考えたい。

3）17世紀後半の理想的な人間像である「紳士 honnête homme」の honnête は、ヴィーコの言う onesto と同様、名誉 honneur, onore――パスカルの言う「人間の悲惨」を自ら認識することの「偉大 grandeur」に通じる、人間であることの名誉――がそこで賭けられているような心の高潔さと正しくまっすぐな行いを言う。そのような意味での品位が問題になっているので、何ら悪をなすわけでもない「馬鹿者」、「馬鹿

者のように愛する」ことに対する以下のような辛辣さは、過度なものとは言い難い。「あくまで忠実であること persévérance〔固執、堅忍〕は非難にも賞賛にも価しない。なぜならそれは、様々な好みや感情など、人が自分から取り除くことも自分に与えることもできないものの持続にすぎないからだ」(177)。こういう persévérance（自己への固執）、自己愛への隷従・盲従にすぎない自然なだけの忠実さが見せる「変わらぬ愛 la constance en amour とは、一種の絶え間のない心変わりである。我々の心が、愛する人の持つあらゆる美点の、ある時はこれに、ある時はあれに、次々と愛着préférenceを移動させるわけだ。だからこの変わらぬ心は、同じ一人の人間に局限され、その人の中に閉じ込められた心変わりにすぎない」(175)。この自然な移り気も認識できず、外見上の「変わらぬ心」に自らの善性を信じるだろうのが「馬鹿者」ということだろう。自らの自己愛への隷従にも気付かず、相手の諸々の「美点 qualités」だけを漁る（従ってそれらが相手の内に惹き起こしているやも知れない自己疎外には無感覚、また曖昧で気掛かりな「神秘」にも無感覚)、鈍感・粗野な、外見上のみの「変わらぬ心」に対して、抑えがたい苛立ちが生じるのは当然ではないだろうか。自他双方の内における自己愛の悪の暗躍に苦りきりながら、だからといって「愛に抵抗する」のではなく、「愛を烈しく〔即ち相手の多層性・多義性への感覚と自らの内的不整合とを激化させ〕持続的にする」ことに毅然・断固たる「毅さ fermeté」(477) を用いて「気違いのように愛する」者の側に生じる苛立ち。その fermeté（毅然）と persévérance（固執）とが、モラリスト（冷厳な現実観察を基に人間の倫理的価値を考える者）以外の眼には酷似して映るにせよ。

4)「神の摂理〔助力〕」が感知される「三種の感覚」として、ヴィーコは、「驚異の感覚」と「崇敬の感覚」に加えて、「それを探し求め、それに到達しようと焦がれる際の焼け付くような欲望 ardente desiderio onde〔gli antichi〕fervettero di ricercarla e di conseguirla の感覚」を挙げる (1111)。一切の情熱（受苦）・希求の停止である至福やエクスタシーの感覚は視界にない。

V　メリメ『カルメン』の揺れ、愛の古典的な了解

一人の〝魔性の女〟の虜となった男の惑溺と破滅を描く『カルメン』(1845)。（同じ性格の情熱ではないが、その共通の烈しさゆえに）〝悪女〟ですらある二人の女性を愛した一人の野心家の栄光と挫折の物語としての『赤と黒』(1830)。いずれも、爛熟に向かう19世紀フランス、さぞや薬味のきいた愛の歓喜と苦渋をたっぷり味わったであろう男たちの生身の疼きに触れるような作品だ。しかし作風の違いはあり、スタンダール（Stendhal，1783-1842）のペンが、主要人物三人のそれぞれの悲惨と絡み合う愛の成熟を微細にたどらずにはおかないのに対し、メリメ（Prosper Mérimée，1803-70）の方は、一方で愛の苦渋、他方で「悪魔」のように破壊的かつ蠱惑的なジプシー女の行状、これらを淡々と浮彫りにしてゆく。親交もあり、都会育ちのスタイリストとして《瞞されないこと》というモットーを共有していた二人だが（講談社文芸文庫『カルメン』、平岡篤頼氏の解説より）、一体どちらがそのモットーに忠実であったのだろうか。今回はメリメについて考えてみる。

1．愛の苦渋

まずは『カルメン』の有名な台詞について考えよう。

スペインを舞台とするカルメンとホセの物語を少々乱暴に要約するとこうなる（以下、引用は断りがない限り第3章から。訳文は可能な限り平岡訳に従った）。カルメンの虜になったホセは、「あの日のことを思い出すと明日という日を忘れてしまう」ような快楽に溺れながらも、また、そのために彼女が一枚噛んでいる悪党稼業に身を投じたというのに、彼女の奔放な情熱を独占できないことに心底悩まされ、（「エジプトの仕事」のカモと称して或いは欲情から）彼女が次々とものにする男を、嫉妬や成り行きから次々に殺すことになる。二人の関係は悪化の極に達する。ホセは彼女の今度は或る闘牛士との情事の事実を掴む。首根っこを押さえられ観念したようなカルメンに、こう言う。「俺はもう我慢と勇気の限界に来てしまった。〔…〕俺はもうお前の愛人をいちいち殺すのには飽きた。今度殺すのはお前だ」、「何もかも水に流す、俺とアメリカに渡り、おとなしく暮らすと誓え」。返答は、「あたしが先で、その後あんたが死ぬ。前からわかっていたことよ」。埒が明かないので場所を変え、「淋しい谷あい」で、「俺にお前を救えるようにさせてくれ、お前と一緒に俺を救えるようにさせてくれ」と哀願するホセへの返答が、有名な、「カルメンは永遠に自由よ」であるが、それに続く「カーリ〔ジプシー女〕として生まれ、カーリとして死ぬ Calli elle est née, calli elle mourra」、の方には余り注意が払われない。

この台詞について手放しの賛辞がある。

> ここだけでなく、カルメンの台詞にはロマニー語と呼ばれるジプシー固有の言語がちりばめられています。〔…〕肝心のところで、他人につけられたレッテル〔ジプシー、ボヘミアン、ツィガーヌ、ヒターナなど、どれも〝よそ者〟〝異教徒〟〝惨めな人たち〟の意味〕を拒否し、自らのアイデンティティを指し示すのにロマニー語〔〝肌の浅黒い女〟を意味する《カーリ calli》〕をつかうカルメンの言語感覚は正しい。そして彼女が、非ジプシーとの関係について、〝こちとらに似合った運命はね、パイリョ（よそ者）から剥ぎとって生きてゆくことさ〟と開き直るのも、現状認識としては、まったく正しい。つまり彼女は聡明であり、民族意識において筋が通っています。（工藤庸子、『フランス恋愛小説論』、岩波新書）

一般的なカルメンのイメージは、情熱のスペイン女（根底に紋切り型のスペイン像)、或いは、男を虜にする魔性の女（根底には絶対的な支配／隷属への願望・幻想)、といったものだろう。そのような浮ついたカルメン像に対して、原作の文言に忠実な、「民族意識」についての指摘は重要である。しかし、「自らのアイデンティティ」を専ら民族的帰属意識に求めること、また、「剥ぎ取る」対象として以外の他者への関係は切断する「開き直り」、それらをジプシーの被差別の歴史と現状から言って「筋が通っている」、「まったく正しい」、と、含みもなく全面肯定するのはどうだろうか。原作の生身の複雑さを裏切ることにならないか。工藤氏の指摘が開く視界に沿って検討してみよう。

ホセから辿り直そう。バスク人の彼は、ジプシー女カルメンにとっては所詮「剥ぎ取る」だけの「よそ者」であるだけなのか。「獰猛そうな様子」、「兇暴な目付き」が見る者の「肝を冷やす」(だから事あらば何をするか分からない所がある)。これがホセの主たる性格であり続けるが、優男のそれが混在する。「どこか気品があり」（以上第１章、以下第３章)、生真面目ですらある（衛兵の時分、「スペイン人は詰所の当番のときはトランプをしたり眠ったりします。この私は生粋のナバラ人として、いつでも何か仕事をしようと心掛けていました。私は銃口掃除用具を吊すために、真鍮の針金で鎖を作っていました」)。官能に逆らえない。「彼女が私に〝出て行って〟と言うと、いつも出て行くことができない」。からだを匂わせながら受け入れ難いやくざ仕事を要求するカルメンに、「だめだ、と無理にこらえるので半分息が詰まりながら答える」。琴線が震えやすい。激しい口論に「憤然と別れて、町をさまよい、気が狂ったように歩き回ったあげく」、カルメンの心に思いやり深さを祈ってか「教会の一番暗い片隅に座って熱い涙を流す」。

そしてカルメンだが、泣いているホセの前に姿を現し、「騎兵の涙ね、それで媚薬を作ってみたいわ」と例によって見下したように言い放つも、こう言葉を継ぐ。「頭でどう考えようと、私はよっぽどあなたを愛してるのね、あなたが出て行った後、なにがなんだか分からなくなったんだもの Il faut bien que je vous aime, malgré que j'en aie, car, depuis que vous m'avez quittée, je ne sais ce que j'ai」。「剥ぎ取る」対象として以外の他者との不安な関係が彼女の中に素描されていないわけではないのだ。しかし、今までとは勝手が違う不安な情動を彼女が自分の中で真面目にとることはなく、むしろ押し殺す。その都度、なるほど「開き直る」のである。なかでも決定的な開き直りがカルメンの最後の言葉に他ならない(「カルメンは永遠に自由よ、calli として生まれ、calli として死ぬ」)。

ホセとカルメンの物語は――カルメン殺害の後出頭し、処刑を目前にしたホセが語り手にする打ち明け話として展開する――第3章に尽くされている。(第1章は語り手によるホセとの出会い、第2章は語り手によるカルメンとの出会い、第4章は語り手によるジプシーに関する一般的考察)。その第3章を締め括るホセの言葉は、「かわいそうな女でした! callé〔ジプシーたち〕が悪いのです、あんな女に育ててしまって。Pauvre enfant! Ce sont les *callé* qui sont coupables pour l'avoir élevée ainsi.」である。言い換えれば、いくら自由を標榜しても、それは民族意識の枠内でのことではないか。死をものともしない勇気に繋がる活力をもたらすにせよ、頑なに閉じた民族意識への固着に何の自由があるのか、といった苦々しい揶揄。ここには、作者メリメの愛の苦渋が滲み出ているのであろうか(彼は「結婚を申し込んだ女性の家からは冷たくあしらわれたし、ヴァランティーヌ・ドレセール夫人のような愛人には、裏切られても何年も気がつかないといったところがあった」〔平岡氏・前掲解説〕)。多くの女性と交渉があった彼だが、相手はどれも多かれ少なかれ灰汁の強い女性であろう、(民族意識という誇張された形で提示できるような)確実なアイデンティティへの固着・固執、即ち自らに安定感と活力を保証する価値観から一歩も出ようとしない傾向、そうした頑なさに突き当たり、跳ね返され、度重なる失望を嘗めたのであろうか?とすれば同情したいところである。

だが、突き当たったとして、それをメリメは受け止めたのだろうか？[1)]

2．愛は自由か服従かの二者択一の問題ではない

2003年公開のスペイン映画『カルメン』は、メリメの原作に対する批評精神に貫かれた鮮烈な作品だった。（以下引用はBunkamuraプログラム〔2004年３月６日発行〕より）。「〝男を狂わせる女〞〝妖婦〞といった表面的なイメージだけに気を取られず、カルメンの原動力ともいうべき奥深い性質を掘り下げたいと思った」監督のビセンテ・アランダは、しかし、「原作に忠実であろうとすればするほど」否定できなくなる、或る飽き足らなさを表明する。カルメンが、「自由」

1）メリメは、親交のあったスペインの名門貴族モンティホ家の伯爵夫人から聞いた情痴殺人事件から『カルメン』を着想した、と伯爵夫人宛の手紙に書いている。女主人公をジプシーに変えたのは、ボロー（『カルメン』第4章で実際に言及される）の『スペインの聖書』『ジプシー』などの著作に興味を惹かれたからだ、とも書く。怪しい。しつこい韜晦趣味を持つメリメである（処女作『クララ・ガスル戯曲集』は架空のスペイン女優の作として、わざわざクララの肖像画まで添えて出版されたし、次の『グズラ』ではさらに念入りな偽装が凝らされる）、女主人公としてわざわざジプシーを持ち出したのは、ジプシーの強い民族意識をそれ自体として問題にするためではないだろう。多くの女友達に書き送った書簡では親切で献身的な態度を強調するメリメだが、そこで胸に畳んだ苦々しいもの（徒労感、敗北感）を書くにあたり、ジプシー女（彼女たちや彼ヨーロッパ人にとっての〝よそ者〞）を持ち出すことで、その苦々しいものを、彼女たちに無縁な、というよりは彼女たちと関係した自分に無縁なものたらしめんとする、認めるべきことを認めようとしない自己韜晦の心理を考えずにはいられない。

か「服従」か、「混沌」か、(「暴政」という)秩序か、という「難題を解決することなく死を受け入れる」ことに関してである[2)]。言い換えると、自由を貫くための「反抗」(としての死ないしは奔放な生)という混沌、さもなくば「家や夫に尽くし」、「子供を育て、年老いてゆく人生」を強制されるだけ、という秩序、この二者択一しかないのか?というのがアランダの立場のとり方だろう[3)]。そして第三の選択肢――自由でも服従でもなく、混沌でも秩序でもない何か(愛)

---

2)アランダは、まず、「迷信深いジプシー女だから」という「最も分かりやすい答え」を「それだけでは不十分だ」と退ける。その上で、この二者択一の「難題」に、彼は、一人の生身の女にとっての問題より以上に、当時のスペイン社会が抱えていた問題の反映を見る。「当時のスペインは相反する二つの顔を持つ国だった。ナポレオンの侵攻によって出来上がった国土はチェス盤のようなもので、自由か命令か、混沌か暴政か、はっきりと二分されていた。」

3)事実、原作においても(第3章)、カルメンはいざ妻(ロミ)となると、兵隊に急襲され重症を負った夫(ロム)としてのホセを、「最愛の男にでさえ、どんな女も見せたことのないような手際と心遣いをこめて」不眠不休で看護する。だがこの事実は、ホセの傷が癒えたとき、彼女の奔放さが復活することを妨げない。第4章では、「ヒターナ〔ジプシー女〕たちが夫に対しては尋常ならざる献身ぶりを見せる」ことがジプシーという種族一般に見られる「確かなこと」として強調される。メリメの考え方は、ホセに対するカルメンの献身的看病、これは(真の愛情の発露ではなく)民族的属性に起因するものでしかない、だから生身の女としての素行は一向に改まらない、というものだろう。真の愛情は、遠回しの非難の論拠としてしかメリメの脳裏になく、正面から取り上げられることがない。が、アランダの眼からすると、メリメの描くカルメンの自由・奔放さ(彼女の〝原動力〟)は、内なる民族的属性からの強制に対する〝反抗〟でしかない。すべてが内的ドラマに閉じた事柄でしかないのなら、そこに他者への愛はない、と飽き足りなく思うのがアランダの立場のとり方だろう。

――が、映画を（原作の制約上）散乱的に満たす厚い官能性（画像の質、その闇と烈しい光、喧騒、膨れ上がった静寂、様々な姿態、様々な視線、また声）に実体化しているのだが、象徴的には、原作に対する明らかな変更・付加である以下の台詞によって示される（そこには、前章まで見てきたような愛の古典的な了解が窺える）。

①原作の「カルメンは永遠に自由よ、カーリとして生まれ、カーリとして死ぬ」、の代わりに、アランダのカルメンはこう言う。《分かち合えるのは死だけ、一緒に生きる道はない[4)]》

②原作、ホセの、「俺にお前を救えるようにさせてくれ、お前と一緒に俺を救えるようにさせてくれ」、に代わる、アランダ版の語り手とホセのやりとり。《愛と苦しみは人生の支配者。もし可能なら別の人生を望むかね？〔…〕カルメンを人生から消し去りたいと？》と訊ねる語り手（付加）に、ホセは、《いや、決して思いません》と応える。

原作の二つの台詞を結ぶのは、平岡篤頼氏の表現（前掲・解説）を借りると、《死によってでなければ解きほぐせない運命的な男女の縺れ、という主題》である。と同時に、二つの台詞は、それほど強い二人の運命の《縺れ》を、カルメンもホセも、《解きほぐ》そうとするばかりで、《縺れ》を受け容れ、その中で生きよう、何かを《分かち合》おうとする積極的な姿勢が皆無であることをも象徴的に顕している。

カルメンは死と引き換えにであっても自分だけの「自由」を手放そうとしない。死にも増して命令への服従を嫌うから（「〝お前がやつに話しかけることを禁止する〟〝気をつけたほうがいいわよ、あたしに向かって何かしちゃならんって言ったら、そのことはすぐ実行されちゃうのよ〟」）、というだけではない。民族的アイデンティティに支えられた彼女固有の「自由」の、その外にある勝手が違うホセの現実

との《縺れ》、——他者を金や快楽を〝剥ぎ取る〟だけの対象と見て忸怩たると

4）字幕の《分かち合えるのは死だけ…》という加藤リツ子訳は、初見では不正確かとも思われる。スペイン語は《Yo sólo te seguiré hasta la muerte, porque ya no quiero vivir contigo》。直訳すると、〝私はただあなたについて行く、死にいたるまで。もうあなたと共に生きたくないから〟。原作の「ついて行く、死のためなら。でも、もうあなたと共に生きはしない Je te suis à la mort, oui, mais je ne vivrai plus avec toi」と酷似する。が、文の細部のみならず発話状況が変更されている。原作では、ホセの勘違い（「じゃあ俺について来るんだな」）に対するにべも無い捨てぜりふ。アランダ版では問題の台詞の前に曲折がある。〝あなたを愛した自分を憎む〟とまで言われ、哀願的な調子を捨てたホセが短刀を抜く。それを見たカルメンから拒絶的でヒステリックな調子が消える。眼に妖しい光を漲らせ〝殺して〟と迫る彼女に、ホセは〝思い出に生きろと？〟と呻くのみだが、この孤立した生の呻きへの返答として囁かれるのが問題の台詞だ。だから、少々補うと、こんな意味になるだろう。その寂寥を解消はできないが、〝ただ sólo〟あなたの運命に随伴し寄り添う（触っている）ことはできる、〝死にいたるまで〟（hasta〔～にいたるまで〕は終着点のある過程）。あたかも死が終着点として現実の視界に入って来て初めて——つまり、自由か服従か（分離か一体化か）の二者択一に呪縛された生がその自明性・切迫性を失って初めて——二つの生身の運命の《縺れ》が可感なものになるかのように。次いで、その感覚が切迫性を帯びることを求めてか、彼女はホセの手首をつかみ、短刀の切っ先を自らの裸の胸に導き、押し当てる。他方、原作の台詞では死が目的であり（à〔～のために〕）、求められるのは、煩わしさ（でしかなくなった《縺れ》）からの解放（「あなたにまだ嘘をつくことはできるけど、もうそんな面倒臭いことは嫌になった」）、また、二人の生身の、役割存在への還元・希薄化である（「私のロム〔夫〕としてあなたはあなたのロミ〔妻〕を殺す権利はある」）。このような違いを考慮すると、加藤リツ子訳はあながち不正確な誇張ではない。

ころもない「自由」に同意できない「カナリアさん」のホセの（括弧付きの）弱さとの《縺れ》（「頭でどう考えようと、私はよっぽどあなたを愛してるのね…」）――が感じられているというのに、それに身を開く不安の受け容れ・引き受けはない。不安？なぜなら、その《縺れ》に身を開く生とは、彼女にとって、命令への屈従の対極に反射的に表象される観念的な救いとしての死とは異なる、日常的に生きるべき死、馴染み深い活力も安定感も無縁な生であろうから。

他方でホセも、《愛と苦しみ》を不可分に刺戟する妖婦としてのカルメンを《消し去り》、秩序ある安寧の生活へと「救われ」ようとする（「俺とアメリカに渡り、おとなしく暮らすと誓え」）。カルメンの混沌たる官能的な全域との《縺れ》において絶望的に成立している不安（定）な自己の存在・生の受け容れ、やはり日常的に生きられるべき一種の死の受け容れはない。

3．逃げ腰の惑溺

映画を経由して原作そのものに戻ると、見えてくるのは、作中人物のホセだけでなく、作者メリメ自身が、「あの日のことを思い出すと、明日という日を忘れてしまう」ような悦楽と不可分な女（たち）の抗し難い魅力を見下す、ないしはおぞましい何かとして拒絶することで、そういう魅力への惑溺から「救われ」ようとしている、ということである。

以下の、女性蔑視の皮肉な物言いは、（良い趣味か否かはさておき）まだしもユーモアとして読み流せる。第１章冒頭からエピグラフとして、「女とは苦々しさ[動物の胆汁]である。しかし二つだけ甘美な時がある。ベッドの中にいる時と死んだ時だ。」（ヒステリーの細君を持っていた、５世紀アレクサンドリアの詩人パラダスの言葉。衒学的にギリシャ語で引用される）。第３章では、カルメンに直接関係しないが、「アンダルシアの女たち〔…〕。彼女たちの、いつも人を小馬鹿にして、決して分別のあることを言わないというやり方[…]」、とか、「いや、想像もして下さい先生、工場の中に入ってゆくと、三百人の女たちが下着姿あるいはそれに近い格好で、一斉に叫んだり、喚いたり、手足を振り回したりしていて、神の怒りが炸裂しても聞こえないくらいの大騒ぎでした」、など。女とは「分別」や「神」など端から無縁の高慢な動物的存在か。

カルメンの自由奔放さに関しても、やはり遠回しな皮肉に蔑みを包む。「最初私は、カルメンをいやな女だと思い、また仕事を続けました。しかし彼女は、呼ぶと来ないが呼ばないとやって来るという、女と猫の習性にしたがって、私の前で立ち止まって話しかけてきました」(第3章)。カルメンの自由奔放さを「猫」的「習性」のレベルで素描する。第2章に既に、自分の目で見たカルメンの独特の強烈な魅力を強調したい筈の語り手が、裏腹に、陳腐な〝家猫〟をたとえに用いて、その捕獲・殺傷能力において「狼」に劣る与し易い何かとすることで、その危険な魅力の格下げを（こっそり）図るくだりがある。「彼女の眼はとりわけ、私がその後どんな人間の眼にも出会ったことのないような官能的で同時に狂暴な表情を湛えていた。〝ジプシー女の眼、狼の眼〟というのはスペインの諺だが、なかなか鋭い観察を表している。わざわざ動物園まで出かけて狼の眼を研究する暇がなければ、諸君の家の猫が雀を狙っているときの目付きを御覧になるといい。」

無論、魔性の女であることは念押しされる。カルメンが苦労して出獄させた夫、「片目のガルシア」(「そいつこそはジプシーたちが生み育てたまたとない性悪な化物で、肌も黒ければ腹の中はそれ以上に黒く、およそ私がそれまでに出会った一番ひどい悪党でした」)。カルメンがその男を連れてホセに会いに来た時のこと、「彼女が私の前で、そいつをあたしのロム[夫]と呼ぶとき、私にどんな目付きをしてみせたか、これは実際に眼で見なければわかりません il fallait voir les yeux qu'elle me faisait〔…〕」（第３章、以下も同様)。恋人たるプライドの鼻をへし折り、嫉妬の芯を燃え上がらせる何か。しかもカルメンの魅惑は一本調子に悪辣ではない。「彼女の部屋のブラインドが半開きになっていて、私を待ち構えている彼女の大きな黒い瞳が見えました。髪粉を振りかけた召使がすぐさま私を通しました。カルメンは彼にチップを与え、私たち二人だけになるやいなや、鰐みたいなすさまじい笑いを爆発させて、私の首に飛びつきました。そんなに美しい彼女は見たことがありません。マドンナみたいに着飾って、香水を匂わせて…〔…〕これでもかこれでもかという愛情！それから笑い転げる！踊る！〔…〕」。

そして、闇雲に溺れさせる魅惑と隣り合わせに底知れぬ兇悪さが現れる。交歓も一段落すると、銃の腕の確かなイギリス人士官を襲撃する計画をホセに持ちかけるカルメンは、「ある種の折に見せる悪魔的な微笑 un sourire diabolique、そのときには誰も真似しようという気になれないあの微笑」を浮かべながら、自分の亭主を先頭にたてて、命を落とすように仕向ける綿密な指示をする。

しかし、今は殺させようとする、その亭主を出所させるのに、カルメンは「二年越し」の苦労をした筈である[5)]。どこでどう気が変わったのか一切説明はない。また、カルメンの不可解な心理の闇を（間接的にであれ）際立たせるためだろう、語り手は第4章で、一般的に「ヒターナ〔ジプシー女〕たちが夫に対しては尋常ならざる献身ぶりを見せる」こと、「ジプシーが自分たちを呼ぶ名前の一

5）「カルメンは監獄の医者をうまく口車に乗せて、その計らいで亭主を釈放してもらったんだ。〔…〕二年越し、なんとか亭主を脱獄させようと苦労してきたんだ。どの手もうまくいかず弱っていると、たまたま監獄医が代わったんだな。新任のやつとは、どうやら彼女は早速話をつける手掛かりを見つけたらしい」、と、悪党仲間のダンカイロがホセに教えている（第３章)。

つであるロメ、すなわち夫婦という意味の言葉」からして「結婚の状態をこの種族がいかに尊ぶかのあかし」だ、と述べる。その民族的美徳に背き、夫を情夫に殺させようとするカルメンの中にメリメが遠回しに見せたいのは、まだしも興味の対象となる単なる心理的謎というよりは、(平岡氏の表現を借りると)「異常で破壊的な」何か、道義的にも拒絶反応を惹き起こすおぞましさ、ではないだろうか。ホセの拒絶も（別種のではあれ）道義的理由からなされている6)。

だがこれは問題の半面だ。カルメンのその微笑について、「そのときには誰も真似しようという気になれない ce sourire-là, personne n'avait alors envie de l'imiter」という遠回しな表現が添えられていた。「真似る imiter」とは、男が女の微笑を、というのは意味をなさない以上、心の中で真似る、従って、味わう、の婉曲表現以外であり得ようか？カルメンの夫殺害の指嗾は当然、〝奴よりあなたが好き〟という意味を含むだろう。だが、それに着目し、殺人と一体化した愛情表現を味わうようなことがあっては、堕落の汚れた意識は免れない。また、将来自分がガルシアのように非人間的に扱われる可能性・危険に眼を閉ざせなくなる7)。堕落と危険の意識(それなしに情熱はあり得るのか？)から無傷であるためには、その微笑を心の中に迎え入れて味わうことを拒否せざるを得

6)「俺はガルシアが嫌いだが、それでもあいつは仲間だ。多分いつかあいつをお前から厄介払いしてやるが、それでも俺たちの決着は俺の故郷のやり方でつけなくちゃならない。ある種のことに関しては、俺はいつまでも生粋のナバラ人なのだ」

7)事実、その後カルメンは言う。「あたしをとことんまで追い詰めないように気を付けなさい。あまりうるさいことを言うと、誰かいい男を見つけて、あなたが片目にしたようなことをあなたにさせるわよ」

ない。尤もその拒否は曖昧だ。「そのときには」、との但書きは、現実の切迫感が薄らぐ何時か後に、専ら自尊心の満足とともに、無責任に、安全に、その微笑の悪辣な魅力と内容を味わうことを妨げない。

4．メリメの迷い、我々の迷い

女の「悪魔的な微笑」に魅入られながらも（堕落・危険と表裏一体の充足に身を開くことを拒絶し）、そこに〝灰色の領域〟どころか、いかなる光も差し込まないおぞましい存在の闇しか見ようとしないのは、また、その「悪魔」[8]の蠱惑から「救われ」ようとしているのは、ホセの名を借りたメリメ自身ではないか。メリメ自身が、悪辣な官能の闇に魅入られながらも、その魅惑に〝瞞されない〟ために（という正当化のもとに）、対象の非人間化、矮小化・動物化・悪魔化に勤しむ、というのが実情ではないか。事あるごとに皮肉な戯画化を心掛ける語り手（第１、２、４章）の存在はとりわけそのように考えさせる[9]。また、官能的奔放さを、人間のものとして受け止めることなく、「悪魔」の蠱惑に、さらに〝異常で破壊的な〟おぞましさに変質させるのも、ある種の戯画化に他な

8）「〔我々は騎馬隊に急襲され、仲間一人を失った。その夜どうにか叢林のなかに腰をおちつけたとき〕、あの極悪非道なガルシアはどうしたと思います？ポケットからカードの箱を取り出し、焚き火の薄明かりのなかでダンカイロとトランプを始めました。［…］カルメンは私のそばに座りこんで、時々鼻歌をうたいながらカスタネットを鳴らしました。それから、〔仲間の死が頭から追い払えない〕私の耳に何か囁こうとするかのように顔を近づけると、ほとんど私の意に反して、二度三度と私に接吻しました。おまえは悪魔だ、と私は言いました。そうよ、と彼女は答えるのでした」（第３章）

らない。

しかし、それらの戯画化が（執拗にであれ）遠回しにしか行われないこと、この事実は注目に値する。それをメリメの韜晦趣味で説明するだけでは不十分だろう。戯画化の欲求に対する揺ぎない同意がないゆえの迂遠さではないか。ホセは、しばしば疲弊したり逃げ腰だったりするが、本質的には、混沌たるカルメンの全域をあえて自らの琴線に触れさせるという愛し方において描かれているし、また、カルメンの揺れをも書かずにはいられないメリメである[10)]。(「悪

9）私は、現実の、称賛したくなるような外観にも決して〝瞞されない〟、というメリメの自己主張は、例の如く遠回しな皮肉のヴェールをまとってはいても、語り手の以下の陳述に明らか。「スペインのジプシーたちに関するはなはだ興味ある二冊の著書を著したボロー氏は、ジプシー女が自分の種族以外の男に何かを許した例はないと断言している。[…]ボロー氏は彼女たちの淑徳の証拠として、次のような実例を挙げているが、実はこれは彼自身の徳性や、とりわけ彼の無邪気さを顕彰するものにほかならない。氏の言うところによれば、知り合いのさる品行の悪い男が美人のヒターナを何オンスもの金貨で誘惑しようとしたが、まったく効き目がなかったという。私がこの逸話を話して聞かせたあるアンダルシアの男は、いっそ二、三枚のピアストラ銀貨を見せたほうが、その不品行な男は成功したに違いないと言〔った。〕」（第４章）

10）既に引用した、「頭でどう考えようと、私はよっぽどあなたを愛してるのね Il faut bien que je vous aime, malgré que j'en aie、あなたが出て行った後、なにがなんだか分からなくなったんだもの」、の以前に、カルメンはこうも言っている（何れも第三章）。「私、あんたを少し愛しているような気がする、わかる？でも、これが長続きすることはあり得ない。犬と狼じゃ〔…〕Sais-tu, mon fils, que je crois que je t'aime un peu? Mais cela ne peut durer. Chien et loup ne font pas longtemps bon ménage」。

魔」の所業ならぬ）人間的情熱の領域——他者との〝解きほぐせない運命の縺れ〟を認め、引き受けることなしには、自らに固有の生のスタイルからすれば一種の死を生きることなしには開けてこない人間の情熱の領域——への感受性の持ち主であることは否定できない。しかもその情熱を主たる関心事にできない、その居心地の悪さゆえの妥協的な迂遠さではないだろうか。そういうメリメへの適切な賛辞は平岡氏のそれ（前掲・解説）だと思われる。「われわれが彼の『コロンバ』や『カルメン』に今なお動かされるとすれば、それは案外、メリメのうちにすでに見られる、現代人のある種の不毛な迷いがそのまま感じられるからなのかも知れない」、と氏は優しく述べる。尤も、（実は氏は相当の皮肉屋である）、これが但し書き付きの優しさであろうことを見落としてはならない。現代の我々が、人間的情熱への古典的感受性ゆえの「迷い」を維持しており、慢心したお手軽なバランス感覚だけで生きているのでなければ、つまり、（バランス感覚だけで倦怠をやり過ごそうとするだけなので）「情熱やエネルギーを賛美し、鮮烈なイメージや驚異の感覚を追及しながらも、どこかその態度がよそよそしく、均衡と秩序を愛するかと見えるわりには、異常で破壊的なものを偏愛する」だけの話でなければ、という但し書きである（この引用は、浅薄な見方をすれば可能だということで氏があえて行うメリメへの「非難」である）。

後　記

悪も生の欲動も生む自己愛の闇に半ば沈み他者に生傷のように開かれてあること、生の中核での捩れと過剰を引き受けること、そこに人間固有の領域——その情熱と愛と品位——を見るのが、ダンテ以降の西欧の古典的感性であるようだ（パスカルの言う「人間の偉大と悲惨」は今や紋切り型ですらある）。それは瞥見できたかと思う。しかし、取り上げようとした主題のおおよそ半分は未使用のままであり、次のような主題が残っている。現代の我々の曖昧さの予兆とも読める『カルメン』と対照的に、やはり「俺が征服するのは悪魔だ」と主人公に言わしめる女を対象にしながらも、スタンダールが描く人間的成熟。自らに固有の、と思いなすものの死の受け容れ（堕落の意識を伴う深い官能的充足の介在）、そこに開ける、他者が生々しく存在する人間の領域、その古典性。しかし誰もが、自ら無効宣告をせねばならないものを内に抱えるという幸運に恵まれているわけではない。自らの存在の無根拠という不安を生存の動機とするのも人間であり（自らを不充分な自らで支えようとするプライドと危うさ）、そういう他者の存在の不安に聴き入る・寄り添うという優しさと残酷（幻想による慰撫を許さないから）とが表裏一体の愛の形もある（サン=テグジュペリ『星の王子さま』とボードレール）。が、その愛の無力と（功利主義的理性の眼には）無意味、そこに生じる逃避欲求。しかしそれに対するアイロニーの勇気（ボードレールとモンテーニュ）。その勇気も潰える存在の夜のなかで、なおも絶望に同意しないパスカルとレオパルディの繊細さ、あるいは、〝詩的〟現実の誘惑への絶望的な抵抗（ボードレールとプルースト）。これらを見なければ、ラテン的西欧の人間愛・現実愛の脈動に触れたことにはならないと思う。このブックレット・シリーズに続編を書く機会があれば、と願っている。

【著 者 紹 介】

加川　順治（かがわ・じゅんじ）

1958年広島県生まれ。鶴見大学助教授。

論文に、「ボードレールの恋愛詩とフランスのモラリスト的伝統」、「プルーストとボードレール」、「フランスの明晰さとイタリアの繊細さ――パスカルとレオパルディ」、「近代的〈主体〉の先覚としての伊藤仁斎とモンテーニュ」、「日本とフランスにおける人間への肯定的視線の差異――誠実と尊厳をめぐって」、などがある。

〈比較文化研究ブックレットNo.3〉
近代フランス・イタリアにおける悪の認識と愛

2005年3月25日　初版発行

著　　者　加　川　順　治
企画・編集　鶴見大学比較文化研究所
発　　行　神奈川新聞社
〒231-8445　横浜市中区太田町2-23
電話　045（227）0850
印 刷 所　神奈川新聞社出版局

定価は表紙に表示してあります。

「比較文化研究ブックレット」の刊行にあたって

比較文化は二千年以上の歴史があるが、学問として成立してからはまだ百年足らずである。近年、世界のグローバル化に伴いその重要性は増してきている。特に異文化理解と異文化交流、異文化コミュニケーションといった問題は、国内外を問わず、切実かつ緊急の課題として現前している。同時多発テロの深層にも異文化の衝突があることは誰もが認めるところであろう。

さらに比較文化研究は、あらゆる意味で「境界を超えた」ところに、その研究テーマがある。国家や民族ばかりではなく時代もジャンルも超えて、人間の営みとしての文化を研究するものである。インターネットで世界が狭まりつつある二十一世紀が、同時多発テロと報復戦争によって始まったことは歴史のパラドックスであろう。文化もテロリズムも戦争も、その境界を失いつつある現在、比較文化研究はその境界を超えた視点を持った新しい学問なのである。

鶴見大学に比較文化研究所準備委員会が設置されて十余年、研究所が設立されて三年を越えて機も熟し、本シリーズの発刊の運びとなった。比較文化論は近年ブームともいえるほど出版されているが、その多くは思いつき程度の表面的な文化比較であり、学術的検証に耐えうるものは少ない。本シリーズは学術的検証に耐えつつ、啓蒙的教養書として平易に理解しやすい形で、知の文化的発信を行おうという試みである。大学およびその付属研究所の使命は、単に閉鎖された空間における学術研究のみにその使命があるのではない。ましてや比較文化研究が閉鎖されたものであって良いわけがない。広く社会にその研究成果を公表し、寄与することこそ最大の使命であろう。勿論、研究所のメンバーはそれぞれ機関誌や学術誌に各自の研究成果を発表しているが、本シリーズでより豊かな成果を社会に問うことを期待している。

鶴見大学比較文化研究所　所長　相良英明

二〇〇二年三月

比較文化研究ブックレット近刊予定

■夏目漱石の不倫小説―近代における不倫の意味　相良英明

世紀末以降、近代西洋文学において多くの不倫文学が描かれてきた。英国文学の影響を受けた漱石も、『それから』『門』『行人』を始めとする不倫小説を書いている。その背景には、家族の変容、モラルの動揺、宗教の衰退、近代自我、恋愛の自由、女性の地位の変化、などの近代社会特有の精神的背景がある。その背景をイギリス近代の不倫小説を例に挙げつつ、漱石文学における不倫小説の意味を解明して行く。

■国を持たない作家の文学―ユダヤ人作家I・B・シンガー　大崎ふみ子

一九七八年にノーベル文学賞を受賞したユダヤ人作家I・B・シンガーはポーランドで生まれ、三一歳のときにアメリカに渡り、多くの作品を発表した。しかしながらシンガーが作品で再現しようとした世界はポーランドでもアメリカでもない。ほぼ二千年のあいだ他国に寄留し、離散の状態にあったユダヤ人とその社会である。シンガーが「時」による消滅から守ろうとしたその世界を探る。

■日本語と他言語　三宅知宏

「日本語」と呼ばれる言語がどのような性格を持った言語であるのか、他の言語（とりわけ英語）と対照して考える。言語の全領域を網羅することはとてもできないが、発音／表記／文法／語彙などの領域の中からいくつかの問題を取り上げ、身近な言語表現を題材にして、議論する。読者には、他言語と対照することにより自らの母語を相対的に見ることのおもしろさにふれてもらいたいと思っている。

比較文化研究ブックレット・既刊

比較文化研究ブックレット①

■詩と絵画の出会うとき──アメリカ現代詩と絵画

森　邦夫　著

芸術形式の異なる絵画と文学。アメリカの現代詩人が、絵画を素材として紡ぎ出した詩の世界を解説。マーク・ストランドとデ・キリコ、チャールズ・シミックとコーネルの「箱」、エドワード・ハーシュとモネ、ホッパーなど。絵画から触発され、自由で個性的な想像力を発揮したアメリカ現代詩人三人の作品に焦点をあてる。

◆定価：６３０円（本体６００円＋税）
送料２１０円

ＩＳＢＮ４-８７６４５-３１２-８

比較文化研究ブックレット・既刊

比較文化研究ブックレット②

■植物詩の世界―日本のこころ　ドイツのこころ

冨岡悦子　著

文学における植物の捉え方を日本、ドイツの詩歌から検証。民俗、信仰との密接な関わりを明らかにし、その精神性を読み解く。

ハシバミ…リルケ「ドゥイノの悲歌」
椿…万葉集
あやめ…ヘッセ「イーリス」など。

◆定価：630円（本体600円＋税）
送料210円

ISBN4-87645-346-2